D1699172

Shen Qifeng

Die Scherzglocke

Auswahl, Übersetzung aus dem Chinesischen,
Einleitung und Anmerkungen von Rainer Schwarz

Reihe Phönixfeder 26

OSTASIEN Verlag

Die frivole Szene auf der Umschlagvorderseite entstammt der von Wang Daokun 汪道崑 (1525–1693) während der Ära Wanli 萬曆 (1573–1620) herausgegebenen *Illustrierten Ausgabe von Biographien vorbildlicher Frauen* (*Huitu lienü zhuan* 繪圖列女傳).

Bibliographische Information der Deutschen Nationalbibliothek
Die Deutsche Nationalbibliothek verzeichnet diese Publikation
in der Deutschen Nationalbibliographie; detaillierte bibliographische
Daten sind im Internet über http://dnb.d-nb.de abrufbar.

ISBN 978-3-940527-82-0

© 2015. OSTASIEN Verlag, Gossenberg (www.ostasien-verlag.de)
1. Auflage. Alle Rechte vorbehalten
Redaktion, Satz, Umschlaggestaltung:
    Martin Hanke und Dorothee Schaab-Hanke
Druck und Bindung:
    Rosch-Buch Druckerei GmbH, Scheßlitz
Printed in Germany

Inhalt

Einleitung   v

Die Scherzglocke

Ein Hase wird schwanger   3

Ein klug erdachtes Bild als wirksame Medizin   6

Amtsverlust einer einzigen Münze wegen   8

Mit zwei Fingern um Ehrung bitten   10

Eine Warnung vor sinnlicher Begierde   12

Eine Bettlerin begeht Selbstmord
um ihrer Keuschheit willen   15

Im Dorf der üppigen Pfirsichblüten   18

Eine ungewöhnliche Eheschließung   23

Prüfungserfolg durch einen Furz   30

Caihua, die Frau des dritten Heiligen   32

Worauf der Ruhm eines gefeierten Freudenmädchens
sich gründet   35

Ein ungewöhnliches Mädchen nimmt Rache
für erlittenes Unrecht   38

Ein Traum im Traum   42

Im Höllenbordell   46

Ein lesender Hund   51

Der Geist einer toten Frau führt den Haushalt   53

Ein Fischmensch als Sklave   60

Im Dorf der alten Frau Meng   64

Kondolenz für einen Lebenden   67

Der Tigerjäger   69

Die spitze Zunge eines Mädchens vom Lande   71

Der letzte Wille einer keuschen Witwe   74

Heimliche Spiele auf der Handfläche 76

Spürbare Vergeltung für Mordlust 80

Die Dämonen der Ausschweifung hinter meinem Rücken 82

Ein Daoistenmönch als meisterhafter Physiognomiker 85

Zikadien 87

Eine vom Schicksal vorherbestimmte Eheverbindung 94

Der Glücksrabe 97

Eine Hausmagd bringt Räuber zur Strecke 99

Ein übler Gast macht der Ausschweifung ein Ende 102

Das Duftmädchen aus der Hibiskusstadt 106

Hochzeit mit einem Totengeist 109

Der spukende Büchergeist 113

Der von seiner Frau beherrschte Kreisvorsteher 114

Die findige Ehefrau 116

Maße und Gewichte 120

Anmerkungen 121

Einleitung

Die Glocke, die Shen Qifeng 沉起鳳. hier zum Tönen bringt, ist nicht die mit einem Holzbalken von außen geschlagene große Bronzeglocke *zhong* 鐘, wie sie im Glockenturm an zentraler Stelle der altchinesischen Metropolen hing, um mit ihrem „der Stimme eines Walfischs gleichendem Klang" Beginn und Ende der Nachtruhe und damit der nächtlichen Ausgehsperre anzuzeigen – am Abend mit 108 (3 x 36) Schlägen, um zum einen die Menschen im Sinne der buddhistischen Lehre an die 36 Kümmernisse in ihrer vergangenen, gegenwärtigen und künftigen Existenz zu erinnern und um ihnen zum anderen ganz praktisch noch etwas Zeit zu lassen, bis die Stadttore geschlossen wurden, und am Morgen mit einem einzigen Schlag, der das Zeichen zum Öffnen der Stadttore war.

Shen Qifengs Glocke ist die mit einem Klöppel versehene bronzene Handglocke *duo* 鐸, die zu seinen Lebzeiten noch in Gebrauch war, beispielsweise um Alarm zu schlagen. Einen Beleg hierfür liefert Shen Qifengs Zeitgenosse Yu Jiao 俞蛟, der bei der Beschreibung seiner Erlebnisse während eines Angriffs von Aufständischen auf die Stadt Linqing im Jahre 1774 erwähnt:

> Man hörte [...], wie in den Straßen und Gassen die Handglocken geschlagen und die Milizmänner nach den Listen auf die Stadtmauer gerufen wurden. (*Kurze Darstellung des Überfalls auf Linqing / Linqing kou lüe* 臨清寇略)

Aber nicht den praktischen Zweck der Handglocke hatte Shen Qifeng im Sinn, als er seinem Buch den Titel *Scherzglocke (Xie duo* 諧鐸*)* gab, sondern ihre tief in der chinesischen Tradition verwurzelte symbolische Bedeutung.

Alten Überlieferungen zufolge ließ sich der König, um des Volkes Art zu erforschen, auf seinen turnusmäßigen

Inspektionstouren durch das Reich vom Musikmeister Gedichte vorlegen, was auf dem alten Glauben beruht, das Gedicht verrate des Menschen Gesinnung; er schickte zu Jahresbeginn „solche, die da sammeln" auf den Weg, Männer mit einer Handglocke als Kennzeichen des Herolds, damit sie, wie angenommen werden darf, ihm die umlaufenden Volkslieder hinterbrächten, enthielt doch das Volkslied möglicherweise einen göttlichen Rat (Gerhard Schmitt).

Das erinnert uns an das *Buch der Lieder* (*Shijing* 詩經), das zu den kanonischen Schriften des Konfuzianismus gezählt wird, weil es angeblich vom heiligen Lehrer Konfuzius redigiert worden ist. Der Überlieferung nach waren die Texte des Buches von einem speziellen Beamten aus den Volkskreisen der einzelnen Teilstaaten des Landes gesammelt worden, um dem Herrscher einen Einblick ins Leben des Volkes zu geben, damit er den Staat besser regieren konnte.

Wie lebendig diese Tradition bis zum Ende der nachhaltig konfuzianisch geprägten Kaiserzeit in China geblieben ist, zeigt eine rund einhundert Jahre nach Shen Qifeng unter dem Titel *Glocke der Dichtung der herrschenden Dynastie* (*Guochao shiduo* 國朝詩鐸) veröffentlichte Anthologie der Gedichte von über 900 Dichtern der Qing-Zeit. Darin finden sich, thematisch geordnet, neben Lobhudeleien auf das Herrscherhaus und Lobpreisungen militärischer Erfolge bei der Unterdrückung von Rebellionen und unbotmäßigen Völkerschaften auch viele kritisch-realistische Gedichte über gesellschaftliche Missstände, so über das Hungerdasein der bäuerlichen Bevölkerung als Folge von Naturkatastrophen und von Ausplünderung durch die Grundbesitzer und Wucherer, über die Härte des Militärdienstes und des gleichermaßen vom Staat befohlenen Frondienstes beim Deichbau und ähnlichen

Großprojekten, über die Korruption der Beamten, über die Grausamkeit der Amtsbüttel und anderes mehr.

So entpuppt sich die *Scherzglocke* als eine Art Sitten-spiegel der letzten Blütezeit der mandschurischen Qing-Dynastie, der Ära Qianlong 乾隆 (1736–1795) nämlich, in die der größte Teil von Shen Qifengs Dasein fiel, der 1741 im Kreis Wu (Wuxian 吳縣), das heißt in Suzhou 蘇州 oder Umgebung, geboren wurde und um das Jahr 1802 starb.

Tatsächlich vermittelt auch die hier übersetzte Auswahl seiner Geschichten nach Abzug des phantastischen Ele-ments einen Einblick in unterschiedliche Bereiche des chinesischen Alltagslebens in der zweiten Hälfte des 18. Jahrhunderts. Um die Habgier und die Speichelleckerei von Beamten geht es genauso wie um die Verachtung der orthodoxen Literaten für Geld und Geldverdienen. Ein wichtiges Thema in Shen Qifengs Leben wie in seinen Geschichten sind auch die staatlichen Prüfungen, die man auf allen Ebenen bestehen musste, um erfolgreich nach einem Beamtenposten zu streben, wie es die moralische Pflicht jedes gebildeten Mannes im alten China war.

Dabei war Shen Qifengs Blick besonders geschärft für die Schattenseiten des Prüfungswesens, denn er gehörte zum großen Heer derer, die zwar die Prüfung auf Provinzebene bestanden hatten (1768), aber in der nachfolgenden haupt-städtischen Prüfung scheiterten. Dies widerfuhr Shen Qi-feng von 1769 bis 1781 fünfmal hintereinander, während sein jüngerer Bruder Qingrui 沈清瑞 (1758–1791) 1783 die Prüfung auf Provinzebene und schon bei der übernächsten Gelegenheit (1787) die hauptstädtische Prüfung glücklich absolvierte.

Als Beamter musste sich Shen Qifeng schließlich mit einem recht geringfügigen Posten zufriedengeben, von 1788 bis zu seinem Tode diente er als Studiendirektor auf Kreisebene (*xun dao* 訓導) an zwei Orten hintereinander

(Qimen 祁門. und Quanjiao 全椒, beide in der Provinz Anhui 安徽). In diesem Amt hatte er sich um die Studenten und die Prüfungskandidaten aus dem jeweiligen Kreis, um den Konfuziustempel in der Kreisstadt und ähnliche Angelegenheiten des konfuzianischen Bildungswesens zu kümmern, mit Rangstufe 8a stand er ziemlich weit unten auf der neunstufigen Rangleiter. (Jede Stufe gliederte sich in die Unterstufen a und b, so dass es eigentlich 18 Rangstufen waren, von denen Shen Qifeng auf Stufe 15 stand.) Mittelbar hergeleitet von jenen sammelnden Herolden des Altertums, lautete eine literarische Bezeichnung für die Provinzbeamten im Bildungswesen „Handglockenträger" (*bingduo* 秉鐸), was einen weiteren Bezug zum Titel des Buches ergibt.

Während seiner Dienstzeit in Qimen erschien 1792 die Erstausgabe der *Scherzglocke*, was durch die unter dem Titel *Gelegentliche Aufzeichnungen über Buchverkäufe* (*Fanshu ouji* 販書偶記, 1936) veröffentlichten Notizen des Antiquars Sun Dianqi 孫殿起 (1894–1958) belegt ist. Gedruckt war diese Erstausgabe im praktischen Taschenbuchformat, das im alten China „Taschentuchkästchenformat" (*jinxiang ben* 巾箱本) genannt wurde.

Ein wichtiges Anliegen von Shen Qifengs Geschichten sind die Grundsätze der konfuzianischen Moral, der Gehorsam der Kinder gegenüber den Eltern und der Frau gegenüber den Schwiegereltern, die unbedingte lebenslange Treue der Ehefrau ihrem Mann gegenüber, selbst nachdem dieser tot ist, die Sklaventreue gegenüber dem Herrn usw. In ähnlicher Weise lagen ihm auch religiös begründete Moralprinzipien am Herzen, er verficht die buddhistische Lehre von Wiedergeburt und Vergeltung und lehrt die buddhistischen Gebote: Kein Leben zerstören, nicht ausschweifend sein.

Dabei ist eine Besonderheit seiner Geschichten im Vergleich zu ähnlichen Werken anderer Verfasser seiner Zeit die große Aufmerksamkeit, die er sexuellen Themen widmet, wobei er erstaunlicherweise durchaus nicht zimperlich ist: von der polygamen Ehebeziehung, wie sie im alten China normal war, über ebenso übliche bisexuelle Beziehungen, über Bordellbesuch und skrupellosen Seitensprung bis hin zum modern anmutenden Gruppensex kommt alles zur Sprache, sogar ein Beleg für die Verbreitung der Syphilis im damaligen China ist zu finden. In solchen Passagen ist Shen Qifengs Ausdrucksweise oft reichlich unverblümt. Sind es eventuell diese Stellen, die Lu Xun 魯迅 (1881–1936) im Sinn hatte, als er in seiner *Kurzen Geschichte der chinesischen Erzählliteratur* (*Zhongguo xiaoshuo shilüe* 中國小說史略, 1923), schrieb, Shen Qifengs Stil sei „vulgär".[1]

Lu Xuns zweite Charakterisierung von Shen Qifengs Stil als „gekünstelt" trifft eher zu, da aber der bis zum äußersten verknappte Stil der klassischen chinesischen Literatursprache bei der Übertragung in eine europäische Sprache ohnehin auch nicht annähernd nachgeahmt werden kann, muss und darf nicht befürchtet werden, dass sich dieses Gekünstelte in der vorliegenden Übersetzung widerspiegelt. Ebenso ist es in den allermeisten Fällen mit Shen Qifengs oft sehr gesuchter Wortwahl, die mit Vorliebe auf alte Gedichte und andere alte Texte zurückgreift, um die Belesenheit des Autors unter Beweis und die des Lesers auf die Probe zu stellen. Dies ist allerdings das übliche Verfahren der Verfasser solcher Geschichten, nur graduelle Unterschiede sind zu beobachten.

Erstaunlich ist, dass Lu Xun den Sinngehalt der *Scherzglocke* als „übertrieben spaßig" bezeichnet. Meint er vielleicht, ernste Themen dürften nicht in scherzhafter Weise behandelt werden? Das ist aber bei Shen Qifeng durchaus nicht häufig der Fall. Im Gegenteil, bei manchen seiner

Geschichten fragt man sich, ob sie das Etikett Scherz zu Recht tragen, wenn dieser Begriff „sowohl ein erheiterndes Geschehen wie dessen erzählerische Wiedergabe" bezeichnet (Jacob und Wilhelm Grimm). Möglicherweise verstand ja auch Shen Qifeng den Scherz als „Gegensatz zu Ernst und damit zu Wahrem" (Moriz Heyne). Ebenso ist es denkbar, dass er seine Satiren auf gesellschaftliche Verhältnisse unter dem Deckmantel des Scherzes tarnen wollte, oder aber er zielte auf die Werbewirksamkeit des Wortes Scherz, um den Absatz des Buches zu fördern. Letzte Sicherheit für die Gründe, die Shen Qifeng zur Wahl dieses Titels veranlassten, können wir leider nicht gewinnen, da dem Buch kein Vorwort des Verfassers beigegeben ist.

Aus demselben Grund bleibt auch unklar, woher Shen Qifeng die Mehrzahl der Stoffe seiner Geschichten bezog, die nicht wirklich oder vorgeblich auf eigenem Erleben oder auf dem Bericht eines Verwandten bzw. Verschwägerten oder eines Bekannten beruhen.

Im Zusammenhang mit einem in dem Buch geschilderten Erlebnis, das Shen Qifeng gehabt haben will, informiert er uns zugleich über ein weiteres Gebiet seines literarischen Schaffens. Denn er war nicht nur Geschichtenerzähler und Dichter – eines seiner Gedichte wurde in die obenerwähnte Anthologie *Guochao shiduo* aufgenommen –, in erster Linie war er zu seiner Zeit als Bühnenautor berühmt. Allerdings weiß man zwar, dass er weit mehr als dreißig Bühnenwerke verfasst hat, doch sind davon heute viele nicht einmal mehr dem Namen nach bekannt, lediglich von vier Stücken sind die Texte erhalten geblieben. Ob das daran liegt, dass die meisten vernichtet wurden, wie er es in der Geschichte *Die Dämonen der Ausschweifung hinter meinem Rücken* erzählt, oder vielmehr daran, dass nur jene vier von seinem vermögenden Freund Shi Yunyu 石韞玉 (1756–1837) in Druck gegeben wurden, ist nicht zu klären. [Dieser Shi Yunyu ist derselbe, der uns in den *Sechs Aufzeichnungen über ein un-stetes Leben* (*Fusheng liu ji* 浮生六記) auch als Freund von Shen Fu 沈復 (1763–1825) begegnet. Im Übrigen spricht nichts dafür, dass die beiden Shen, obwohl am selben Ort zu Hause, näher miteinander verwandt gewesen wären.] Von Shen Qifengs Ruhm als Bühnenautor zeugt die Tatsache, dass er zwei Mal (1780 und 1784) von den zuständigen Lokalbeamten gebeten wurde, Bühnenstücke zu verfassen, die sie dem Kaiser vorspielen ließen, als dieser die letzten beiden seiner insgesamt sechs mit größten Aufwand betriebenen „Südreisen" an den Unterlauf des Yangzi-Stromes unternahm.

Obwohl die Handlung der meisten Geschichten der *Scherzglocke* deutlich genug als rein fiktiv zu erkennen ist, hat sich 120 Jahre nach Shen Qifeng ein anderer Autor (Lei Jin 雷瑨, 1871–1941) nicht geniert, die Geschichte *Der von seiner Frau beherrschte Kreisvorsteher* wortwörtlich in seine Sammlung angeblich echter Anekdoten *Aufzeichnung von einhundert Merkwürdigkeiten aus den Amtshäusern der Qing-Dynastie* (*Qingdai guanchang bai guai lu* 清代官場百怪錄, 1913) aufzunehmen, wobei er nur den Schluss leicht verändert hat. Der Titel der Geschichte lautet dort *Schlau sein wollen, aber sich als Narr erweisen, indem man sich den Kopf aufschlägt* (*Kepo toupi nongqiao chengzhuo* 磕破頭皮弄巧成拙).

Um an interessante Stoffe für Geschichten zu kommen, gab es für Leute wie Shen Qifeng mehrere Möglichkeiten. Über die Schaffensmethode von Pu Songling 蒲松齡 (1640–1715), dessen *Merkwürdigkeiten, aufgezeichnet in der Studierstube „Für den Augenblick"* (*Liao Zhai zhiyi* 聊齋志異) mindestens seit dem Erscheinen der ersten gedruckten Ausgabe im Jahre 1766 für die nachfolgenden Generationen chinesischer Literaten ein gefeiertes Vorbild auf dem Gebiet von Geschichten in klassischer Literatursprache waren und zirka 120 Jahre lang viele von ihnen zu immer neuen Nachahmungen anregten, erzählt Zou Tao 鄒弢 (1850–1931) in seinen *Literarischen Skizzen aus der Hütte des dreifachen Borgens* (*Sanjie Lu bitan* 三借廬筆談):

> Als er das Buch schrieb, postierte er sich jeden Morgen mit einem großen Krug voll Tee und mit einem Päckchen Tabak am Rand einer Straße, auf der Leute entlanggingen. Unten breitete er eine Schilfmatte aus, auf die er sich setzte. Er stellte den Teekrug neben sich, legte den Tabak dazu und verwickelte dann jeden, der vorbeikam, in ein Gespräch, wobei er nach Seltsamkeiten fahndete und sich über Merkwürdigkeiten unterhielt, je nachdem, was der Betreffende wusste. War der durstig, gab er ihm Tee zu trinken, sonst aber schenkte er ihm Tabak. Auf jeden Fall aber ließ er ihn ausführlich erzählen. Wenn es sich traf, dass er etwas in Erfahrung brachte, ging er nach Hause und malte es aus. So verfuhr er zwanzig Jahre lang, ehe das Buch fertig war, dadurch ist seine Schreibweise meisterhaft.[2]

Dieser Bericht ist jedoch mit Vorsicht zu genießen, denn Zou Tao lebte etwa 200 Jahre später als Pu Songling und Hunderte von Kilometern von dessen Heimatort entfernt.

Wie der weitgehend sinisierte Mandschudichter Hebengge (chin. Hebang'e 和邦額, geb. 1736) zu einem Teil der Stoffe kam, die er bis 1779 zu einer Sammlung merkwürdiger Geschichten verarbeitete, berichtet er selbst im Vorwort zu seinen *Nachtgesprächen, niedergeschrieben* (*Yetan suilu* 夜譚隨錄):

> Ich bin jetzt 44 Jahre alt, und noch ist mir kein Wunder begegnet. Aber ich liebe es, immer wieder mit zwei, drei Freunden zusammen beim Wein- oder Teetrinken die Kerze zu löschen und über Gespenster zu reden oder im Mondlicht zu sitzen und von Fuchsgeistern zu sprechen. Wurde dabei etwas Außergewöhnliches berührt, so habe ich es notiert, und im Laufe der Zeit ist ein Buch daraus geworden, das dem eigenen Vergnügen dient.[3]

Bestätigt wird diese Darstellung von seinem Freund Alimboo (chin. Alinbao 阿林保, gest. 1809), der 1789 den Druck der Erstausgabe besorgte, in einem eigenen Vorwort:

> Ich erinnere mich, wie ich vor zehn Jahren in der Studierstube „Frühlingsfreude" mit den Herren Jiyuan 霽園 [d. i. Hebengge] und Lanyan 蘭岩 [d. i. Gongtai 恭泰] von früh bis spät Umgang hatte. Manchmal hörten wir die Trommelschläge von der Hauptstraße, oder wir teilten bei nächtlichem Regen miteinander das Bett. Wir kochten Tee und führten erhabene Gespräche und vergaßen darüber den Schlaf. Dann trug jeder von uns neuartige und erstaunliche Dinge vor, um die Kenntnisse der anderen zu erweitern. Jiyuan aber fasste das Erzählte schriftlich zusammen, um ein Buch daraus zu machen, dem er den Titel „Nachtgespräche, niedergeschrieben" gab.[4]

Was hier im engsten Kreis vertrauter Freunde geschah („Selig, wer sich vor der Welt ohne Hass verschließt, einen Freund am Busen hält und mit dem genießt, ..."), spielte sich um dieselbe Zeit mit anderen Beteiligten und in einer anderen Gegend des riesigen chinesischen Reiches, die von Shen Qifengs Heimatort nicht weit entfernt liegt, ähnlich auch in großer Runde ab. Darüber hat Li Dou 李斗 (gest. 1817), der aufmerksame und unermüdliche Chronist der einstmals blühenden Stadt Yangzhou am Kaiserkanal, unter dem Titel *Aufzeichnungen über die bunten Boote von Yangzhou* (*Yangzhou huafang lu* 揚州畫舫錄, Vorwort 1796) einen ebenso aufschlussreichen wie stimmungsvollen Bericht hinterlassen:

> Sechs Tage nach Neumond im 7. Monat des 28. Jahres des Sechzigerzyklus [in der Ära Qianlong], am 42. Tag des Sechzigerzyklus [d. i. der 16. August 1771], wurde ich von Besuchern auf den See [den Mageren Westsee] eingeladen. Ein Kübel Reiswein, fünf Dou Reis, ein Kessel mit drei Füßen, 26 Lampen, ein Schachspiel, eine Längsflöte und zwei Staken sowie 22 Gäste und Bootsleute zusammen auf einem Boot, das auf die Mitte des Stroms zusteuerte. Manche saßen an die Reling gelehnt, manche schauten hinunter auf das fließende Wasser,

manche wetteiferten darin, welches der beste Tee sei, manche spielten miteinander Schach. Manche sahen ihnen von der Seite her andächtig dabei zu, manche bedauerten sie ihrer mangelhaften Fähigkeiten wegen und machten ihnen Zeichen mit der Hand, manche zwirbelten sich den Bart und seufzten laut, manche stritten um Sieg und Niederlage, ohne am Spiel beteiligt zu sein. Eine Partie war kaum beendet, da begann schon die nächste, bei der verlor, wer eben gewonnen hatte, und umgekehrt, so dass ein wechselseitiger Kampf daraus wurde. Manche zogen sich Schuhe und Strümpfe aus, manche sangen, manche stimmten mit ein, manche sahen sich nach allen Seiten um und machten einander auf einzelne Punkte aufmerksam, manche warfen sich über die Köpfe der anderen hinweg vielsagende Blicke zu, manche wechselten Rufe von Boot zu Boot. Die Sitzordnung geriet durcheinander, und es kam nicht dazu, dass ein Platz warmgesessen wurde.

Jetzt fuhr das Boot in die Bucht der Grünen Pappeln ein, bewegte sich und stand still. Wir stiegen aus und bereiteten das Essen zu. Nach dem Essen waren die Gäste des Lärms überdrüssig und verzichteten aufs Schachspielen. Sie wanderten auch nicht umher, sondern setzten sich gemeinsam in das Haus, wo der Himmel sich im Wasser widerspiegelt, und jeder erzählte Geschichten. Nachdem die Herzen der Menschen eben Ruhe gefunden hatten, kam die Kraft des gesprochenen Wortes sogleich zur Geltung. Aus Erzählungen aus der Tang- und der Song-Zeit und aus den verschiedenen Büchern mit Berichten über Wunder wurde zitiert, es gelangte einfach alles zum Vortrag. Vom glatzköpfigen Greis mit graumelierten Brauen bis zum milchgesichtigen Jüngling waren die Menschen wie ihre Worte und ihre Worte wie ihre Taten. Auch gab es Fälle, wo eine Absicht in eine Götter- oder Geistergeschichte gekleidet wurde. Und wenn erreicht war, dass eine Nachprüfung unmöglich gemacht wurde, ergab das den strahlendsten Glanz. Die einen nannten den Ort des Geschehens und gestalteten die Erzählung geisterhaft, indem sie sagten: „Den und den Fall aus der und der Zeit hat mein Vorfahr in Erfahrung gebracht." Oder: „In dem und dem Dorf in der und der Gegend habe ich das in meiner Kindheit mit eigenen Augen gesehen." Merkwürdigkeiten wurden miteinander verwoben, historische Anekdoten wurden ausgegraben, und mit Vulgaritäten wurde man belästigt. So zahlreich waren die Geschichten wie die Fasern eines Seidenfadens oder die Zinken eines Kammes. Sobald ein seltsames Erlebnis erzählt war, zeigten die Mienen Zufriedenheit, und wenn die Rede gelegentlich auf die Liebe kam, waren alle hingerissen. Und kamen Trivialitäten vor wie Lieder und Scherze, buddhistische Beschwörungsformeln und Schamanengesänge oder auch Schauspieler, dann war es, als hielte man ihnen die größten Kostbarkeiten hin, oder als läsen sie in einem seltenen Buch.

Unbemerkt war der endlose Tag leicht vergangen. Die sinkende Sonne färbte sich rot, und im aufkommenden Dunst wurde die Landschaft abendlich. Wir tranken dann im Innern des Hauses. Nach drei Runden Wein spielten die einen Fingerknobeln, die anderen becherten für sich allein. Die einen sangen, und die anderen aßen. Es blieb den Gästen überlassen, was jeder tun wollte. Als vom Wein die Ohren glühten, erklang die Flöte. Vom himmlischen Rinderhirten [dem Stern Atair] begleitet, glitt unser Boot in Dunst und Wogen hinein. Die welken Herbstblumen an beiden Ufern schauten selbstgefällig, und wo die Abendwolken aufrissen, leuchtete seicht die Milchstraße. Die duftenden Gräser wurden zu Glühwürmchen, deren Licht die Menschen beschien. Die bekümmerten Zikaden wollten von den Bäumen nicht lassen, klagten in die Nacht hinein und riefen einander. Der junge Mond hatte noch keine Kraft und drohte im Wasser zu versinken. Die Nacht war still, und die Berge waren menschenleer, unser kleines Boot schwankte auf den Wellen. Der Lampenschein gleißte, Wassernussstengel trieben einher; der Bambus raschelte, Vögel flogen auf. Als der Morgenhimmel bald hell werden wollte und die Tempelglocke zum ersten Mal erklang, machten alle im Boot ein Gesicht, als täte es ihnen leid auseinanderzugehen. „Was für eine Nacht ist heute Nacht?" Wohl die, die bei den Alten „die Nacht des Siebten" hieß. Als das Boot wieder angekommen war, legten wir uns zusammen im Erdgeschoss des Hauses von Himmelslicht und Wolkenschatten schlafen, und nachdem die Nacht des Siebten vorbei war, stiegen wir am Achten gemeinsam ins Obergeschoss des Hauses hinauf. Wir wuschen uns weder Hände noch Füße, aßen und tranken nichts, sprachen und lachten nicht. Wer den Kopf hob, legte die Hände auf den Rücken; wer unter dem Dachvorsprung hin und her ging, machte halbschnelle Schritte; wer sich ans Geländer lehnte, stützte Mann für Mann den Kopf in die Hände; wer unverwandt nach etwas schaute, hielt unfehlbar den Atem an; wer gähnte und sich streckte, den schläferte noch; wer lässig mit gespreizten Beinen dasaß, machte meist eine scheele Miene. Jeder dachte an Ungebundenheit und an Flucht aus dem Alltag.[5]

Doch egal, welcher Methode Shen Qifeng sich bedient hat, um das Material für seine Geschichten zu sammeln, das Ergebnis ist ein Werk, das auch mehr als zweihundert Jahre nach seinem ersten Erscheinen noch die Lektüre lohnt, wenn man wissen will, wie die Menschen im damaligen China gelebt und gedacht haben.

Nach dem Vorbild von Pu Songling hat auch Shen Qifeng seinen Geschichten jeweils eine kurze Moral angehängt, die er mit den Worten „die Glocke sagt" einleitet. Als Beispiel sei hier der Anhang der Geschichte *Amtsverlust einer einzigen Münze* wegen angeführt:

> Die Glocke sagt: „Der Münzgeist nimmt Myriaden von Gestalten an, und in jeder dieser Gestalten verführt er die Menschen dazu, unklug zu handeln. Man sage nicht, eine einzige Münze sei verschwindend wenig. Ein Rinnsal, das man nicht absperrt, wird zum gewaltigen Strom. Eine Fackel, die man nicht auslöscht, wird zum Steppenbrand. Ich möchte, dass die Mäßigkeit der Beamten schon bei einer einzigen Münze beginnt."

Da die Moral der Geschichten auch ohne erhobenen Zeigefinger klar erkennbar ist, wurde hier auf die Übersetzung dieser Erklärungen verzichtet.

Die Scherzglocke

Ein Hase wird schwanger[6]

Lustknaben werden im Volksmund „Hasen" genannt. Ich weiß nicht, seit wann das so ist.

Der Student Wei aus Xiangyang entstammte einer mächtigen Sippe. Seine vier Lieblingskonkubinen wohnten getrennt in vier Höfen. Später liebte er einen Knaben namens Can'er und ging das ganze Jahr über nicht in die inneren Höfe. Täglich saß er mit Can'er in der Bibliothek und fand sein Vergnügen daran, mit ihm zu tändeln. Dann bekam er das von Qiu Shizhou gemalte Album „Sehnsucht nach heimlichen Spielen der anderen Art",[7] und sie trieben es miteinander nach dessen Anleitung und den darin enthaltenen Bildern. Blumen blühten für Wei nur noch im Hinterhof, und die Gefilde der Seligen lagen für ihn nicht mehr dort, wo die Frauen waren.

Eine seiner Nebenfrauen, die im Westhof wohnte, hieß Azi. Sie war schön und gewitzt und schlief mit Can'er, ohne dass Wei es merkte. Eines Tages, als Wei ausgegangen war, trat Azi unter dem Türvorhang hervor, winkte Can'er heran und sagte leise: „Nachdem ich mit dir zusammen war, habe ich seit einhundert Tagen nicht mehr die Regel bekommen. Aber der Herr hat mich schon ein ganzes Jahr lang nicht mehr besucht. Wenn es soweit ist, dass ich niederkomme, werden sich alle anderen Nebenfrauen meine Verfehlung zunutze machen. Aber eher schlucke ich Gift, um mich umzubringen. Kannst du dir nicht etwas für mich ausdenken?" „Ich habe alles reiflich durchdacht und werde dich bestimmt nicht ins Verderben laufen lassen", versprach Can'er.

Bald darauf kam Wei zurück, und als er mit Can'er zusammen frühstückte, hatte dieser kaum die Essstäbchen gehoben, als er die Brauen verzog und sich den Bauch hielt,

3

und es schien, als müsse er sich gleich erbrechen. Sofort stand Wei auf, legte ihm die Hand auf die Schulter und sagte: „Als wir gestern Abend im Schatten der Blüten im Freien saßen, warst du kurzärmlig gekleidet, so dass die Kälte in deinen zarten Körper gedrungen ist."

„Das ist es nicht", entgegnete Can'er. Seitdem mir Eure edle Liebe zuteil geworden ist, bin ich im vierten Monat schwanger."

Wei erschrak zunächst heftig, dann sagte er lachend: „Noch nie hat man davon gehört, dass ein Hahn Eier gelegt oder ein Hengst gefohlt hätte, also mach keine Witze mit mir!"

„Ihr wisst das nicht, Herr", erwiderte Can'er. „Nachdem ich gesehen habe, dass Ihr im reifen Alter noch keine Nachkommen habt und Eure fruchtbaren Äcker vernachlässigt, um mein steiniges Feld zu bestellen, wo niemals Engelwurz wächst oder Cymbidium sprießt, habe ich heimlich im Zierapfeltempel gebetet, damit ich aus einem Mann zu einer Frau werde, so dass Euer Geschlecht nicht ausstirbt, und jetzt haben die Götter wirklich entschieden. Über kurz oder lang werde ich Euch ein Kind gebären, Ihr aber scheint zu glauben, meine Worte seien ein Scherz."

Wei war hocherfreut, tätschelte ihm den Rücken und sagte: „Kann man ein Hasenjunges bekommen, ohne in den Hasenbau zu gehen? Von nun an werde ich sitzen und warten. Was brauche ich noch drei Löcher!"[8]

Dann verging Tag um Tag, bis der Zeitpunkt für Azis Niederkunft nahte, und Can'er sagte: „Es würde gar keinen guten Eindruck machen, wenn ich das Kind im Schlafzimmer des äußeren Bereichs zur Welt brächte. Ich bitte darum, mich in die inneren Räume umzuquartieren."

Wei sprach darüber mit seinen anderen Nebenfrauen, aber sie lehnten alle empört ab. Da ließ Azi, die unter dem

Vorwand einer Erkrankung in ihrem reichverzierten Bett lag, Wei zu sich rufen und sagte zu ihm: „Seitdem Ihr Euren Knaben so sehr liebt, habt Ihr die Frauengemächer drei Jahre lang nicht mehr betreten. Kein Wunder, dass man es Euch heute verwehrt, da Ihr dringend danach verlangt. Wenn er hier zu mir in den Westhof ziehen wollte, würdet Ihr bestimmt wie angewurzelt hier sitzen. Ich bin nur einverstanden, wenn Ihr nicht bei mir ein und aus geht, bis er geboren hat, und ich ihn wieder wegschicke."

Lächelnd wandte Wei ein: „Mich willst du wie einen Unbeteiligten aussperren, einem Räuber aber Zuflucht gewähren?"

„Ist er nicht ein Mann und doch eine Frau? Er könnte wirklich als meine Schwester gelten", gab Azi zurück. „Ihr mögt Eure Zweifel hegen, aber warum sollte ich ein niederträchtiger Mensch sein?"

Wei ging hinaus, um mit Can'er zu reden, und dieser sagte: „Der Plan ist ganz ausgezeichnet. Wenn die Leute erfahren, dass ein Mann ein Kind bekommen hat, könnte sie das wahrhaftig erschrecken. Aber wenn Ihr mich im Westhof unterbringt und nach der Entbindung behauptet, Frau Azi habe das Kind geboren, wird es nicht zu aller möglicher Nachrede kommen, die Eurem teuren Sohn später als Makel anhaftet."

Wei klatschte in die Hände und lobte den guten Einfall. Dann brachte er Can'er im Westhof unter, er selbst aber schlief allein draußen im Seitengebäude. Eines Nachts wurde ihm gemeldet, bei Can'er hätten heftige Wehen eingesetzt, und so rief er rasch nach dem Gesinde, damit die Hebamme geholt wurde, und mit kläglichem Geschrei kam ein Erbe zur Welt.

Einen halben Monat später kam Can'er mit dem gewindelten Säugling heraus, und das Gesicht des Kindes sah ihm außerordentlich ähnlich. Wei behauptete, es sei ganz die „Mutter", und ahnte nicht, dass es in Wirklichkeit ganz der Vater war. Weil Can'er keine Milch hatte, sollte Azi das Kind mit Reisschleim nähren. Zwar duftete es den ganzen Tag nach Muttermilch, aber Wei fragte nicht, woher das kam. Aller Jadeschmuck und die gestickten Windeln kamen von Azi, und wenn das Kind einmal ein Wehwehchen hatte, ließ Azi es unfehlbar von einer vertrauten Sklavin zu sich in die Räume bringen und kümmerte sich mit allen Mitteln darum. Wei schloss daraus, dass Azi nicht eifersüchtig war, und begann, sie für ihre Tugend zu bewundern. Im Scherz sagte er zu Can'er: „Es ist wirklich ein Glück für mein Kind, dass es von einem Hasen geboren und von einer Glucke unter die Fittiche genommen wurde." Und Can'er gab scherzend zurück: „Hase und Häsin ähneln sich so sehr, dass man sie nicht unterscheiden kann. Euch geht es nur um Hasen, woher der Wind weht, bemerkt Ihr nicht."

Weil Wei seine Triebe nicht zu zügeln vermochte, starb er in mittleren Jahren. Seine Nebenfrauen liefen auseinander, Can'er und Azi aber wurden endlich Mann und Frau. Als ihr Sohn erwachsen war, trat er seine Erbschaft an, und sie zogen nach Guangai Li, wo sie als reiche Familie galten.

Ein klug erdachtes Bild als wirksame Medizin

Pan Wan aus Fuxi, der mit Ehrennamen[9] Biren hieß, war eine anmutige Erscheinung. Man nannte ihn einen sich im Winde wiegenden Jadebaum. Seine Frau, eine geborene Yin, war eine Schönheit, aber sie war eifersüchtig. Dabei hielt Pan die Regeln des Anstands sorgfältig ein und setzte keinen Fuß vor die Tür.

Pan besaß ein Sommerhaus in einem Viertel, das zum Stadtteil Lianxi gehörte. Dort wuchsen im Hof mehrere

Zierapfelbäume. Immer wenn sie Knospen trieben, schätzte Pan still bei sich die Stellen an den Schläfen ab, wo Frau Yin sich Blüten ins Haar zu stecken pflegte, dann ging er hin und schnitt Zweige. Wenn sie aufblühten, brach er die Blütendolden ab und gab sie ihr, damit sie sich schmücken konnte, und sie waren nicht zu lang und nicht zu kurz, nicht zu spärlich und nicht zu üppig. Mit den Blüten in der Hand hatte Frau Yin sich an ihn geschmiegt und lächelnd gesagt: „Diese Blüten können sprechen. Und wenn ich dich bemühe, sie abzubrechen, sind sie besonders lieblich." Von da an verlieh sie den Blüten den Ehrentitel Graf Zierapfel und nannte Pan im Scherz den Blütenzensor.

Später starb Pan an der Schwindsucht. Frau Yin beweinte ihn schmerzlich. Eines Tages, als sie an dem Sommerhaus vorbeikam, standen die Zieräpfel eben in voller Blüte. Während sie, aufs Geländer gestützt, unverwandt darauf schaute, wurde sie vom Gefühl überwältigt und war auf einmal ganz verwirrt. Als sie wieder zu Hause war, wurde eine gefährliche Krankheit daraus.

Frau Yin hatte einen Vetter namens Huisheng, der sich aufs Malen verstand. Als er von ihrer Erkrankung erfuhr, sagte er sich: „Das ist eine Gemütskrankheit, die ich mit einer Medizin behandeln muss, die aufs Gemüt wirkt." Also malte er ein Bild mit mehreren Dutzend Zierapfelbäumen, unter denen eine barhäuptige Gestalt saß, die wie Pan aussah. Daneben malte er fünf, sechs verführerische Schönheiten. Eine hielt einen blühenden Zweig in der Hand, eine sog den Blütenduft ein, eine reichte Pan Blütendolden und bat ihn, sie ihr ins Schläfenhaar zu stecken, und eine saß schäkernd auf seinem Schoß und warf ihm Blüten ins Gesicht.

Als das Bild fertig war, trat Huisheng ans Krankenbett und fragte seine Kusine nach ihrem Befinden, aber sie weinte nur stumm. Da sagte er: „Als dein Mann noch lebte, hatte er mich gebeten, ein Bild davon zu malen, wie er seinen Vergnügungen nachgeht. Weil er Angst hatte, du könntest zornig werden, hat es solange bei mir gelegen. Nachdem er jetzt unter der Erde ist, wirst du ihm wohl verzeihen. Darum bringe ich dir, was dir von Rechts wegen gehört." Damit holte er die Bildrolle hervor und gab sie ihr.

Lange sah sich Frau Yin das Bild sorgfältig an, dann wurde sie plötzlich rot und sagte: „Der Schuft! Wie kann das sein?"

„Du tust ihm Unrecht", entgegnete Huisheng. „Sobald sich ein Mann auch nur drei Fuß von den Bettvorhängen entfernt hat, ist er in einer anderen Welt. Nur ein Liang Boluan[10] vermag es, in unverbrüchlicher Liebe und Treue zu leben. Zumal man Vergangenes nicht tadeln soll, könntest du es ihm nachsehen."

Bleich vor Zorn, sagte Frau Yin: „Wenn das so ist, dann ist er wohl noch zu spät gestorben! Warum sollte ich ihn bedauern?"

Huisheng redete ihr zum Schein weiter gut zu, dann ging er.

Von Stund an besserte sich Frau Yins Zustand allmählich, und in weniger als zehn Tagen war sie mit einem Mal geheilt. Sie nahm das Bild und warf es ins Feuer. Außerdem musste das Gesinde unter ihrer Aufsicht mit Äxten und Spaten zu dem Sommerhaus gehen und dort alle Zierapfelbäume fällen.

Amtsverlust einer einzigen Münze wegen

Der Vater von X aus Nanchang war Präzeptor in der kaiserlichen Hochschule,[11] und X lebte bei ihm in der Hauptstadt. Als er zufällig einmal durch die Straße am Yanshou-Tempel[12] kam, sah er in einer Buchhandlung, wie ein junger Mann für ein paar Bronzemünzen das Buch *Frühling und Herbst des Herrn Lü*[13] kaufte, wobei eine Münze auf die Erde fiel. Verstohlen setzte X seinen Fuß darauf und wartete, bis der junge Mann gegangen war. Dann bückte er sich und hob die Münze auf.

Ein alter Mann hatte dabeigesessen und alles aufmerksam beobachtet. Jetzt stand er plötzlich auf und fragte X nach seinem Namen. Anschließend ging er kühl lächelnd fort.

Später kam X als Absolvent der kaiserlichen Hochschule in ein Kopistenamt[14] und wurde vom Ministerium für den Zivildienst als Polizeichef und Gefängnisdirektor des Kreises Changshu in Jiangsu ausgewählt. Also packte er seine Sachen und reiste an den Dienstort. Unterwegs wollte er seinem obersten Vorgesetzten einen Antrittsbesuch machen und gab am Tor seine Visitenkarte ab. Provinzgouverneur von Jiangsu war seinerzeit Herr Tang Qian'an.[15] Zehnmal meldete X sich an, kein einziges Mal wurde er vorgelassen. Schließlich überbrachte ihm der Adjutant von Herrn Tang dessen Befehl: X solle sein Amt nicht antreten, eine Anklageschrift gegen ihn sei bereits eingereicht.

Als X fragte, wessen man ihn beschuldigte, hieß es, der Habgier.

X meinte, da er sein Amt noch gar nicht angetreten habe, könne er sich auch nicht unrechtmäßig bereichert haben, es müsse also ein Irrtum vorliegen. Deshalb bat er dringend darum, selbst mit dem Provinzgouverneur reden zu dürfen. Der Adjutant ging hinein, um das auszurichten, und als er wiederkam, sagte er im Auftrag von Herrn Tang: „Erinnert Ihr Euch nicht mehr an die Sache damals in der Buchhandlung? Wenn Ihr als Examenskandidat[16] so gierig auf eine einzige Bronzemünze wart, als gelte es Euer Leben, würdet Ihr da jetzt, nachdem Euch ein Posten als Lokalbeamter in den Schoß gefallen ist, etwa nicht lange Finger machen, wo Ihr nur könnt, und nichts anderes sein als ein Dieb in Beamtenrobe? Also verzichtet bitte von vornherein auf Euren Posten, damit nicht ein ganzer Kreis leiden muss!"

Jetzt erst begriff X, dass es Herr Tang Qian'an gewesen war, der ihn damals nach seinem Namen gefragt hatte, und beschämt verließ er den Staatsdienst.

Es ist ein überraschender Sachverhalt, dass ein Beamter schon verklagt wird, noch ehe er sein Amt angetreten hat. Er wird hier notiert, um all jenen als Ansporn zu dienen, die achtlos in Kleinigkeiten sind.

Mit zwei Fingern um Ehrung bitten

Als Zhao Rongjiang noch nicht die Staatsprüfungen bestanden hatte, war er Hauslehrer bei einer Frau Lu in Dongcheng, die frisch verwitwet war. Sie besaß einen siebenjährigen Sohn, der von Zhao unterrichtet wurde.

Eines Abends, als Zhao bei Kerzenlicht in einem Buch las, hörte er es klopfen. Er öffnete die Tür, um den Besucher einzulassen, und es stellte sich heraus, dass es die Hausherrin war. Als Zhao sich erkundigte, weshalb sie gekommen war, lächelte sie schweigend. Er bestand auf einer Antwort, und da sagte sie: „Ihr seid schon lange von zu Hause fort, und es ist sehr einsam, allein zu schlafen. Heute Abend scheint der Mond so herrlich, darum erlaube ich mir, mich Euch anzubieten, damit wir die schöne Nacht nutzen können."

Zhao erwiderte mit ernster Miene: „Das kostbarste Gut einer Frau heißt Keuschheit, und was der Gebildete schätzt, ist Untadeligkeit. Wenn wir es auch nur ein wenig an Selbstachtung fehlen lassen, werden wir dies wechselseitig einbüßen. Also geht bitte schnell wieder fort, denn das Gerede der Leute birgt großes Unheil."

Als sich die Frau dennoch nicht vom Fleck rührte, drängte Zhao sie hinaus. Aber die Frau wandte sich um und wollte wieder hereinkommen. Darum schlug er schnell die Tür zu, und dabei klemmte er zwei Finger von ihr im Türspalt ein. Als sie vor Schmerz laut aufschrie, öffnete er die Tür ein wenig, ihre Hand kam frei, und sie stürzte fort.

In ihrem Zimmer angelangt, schloss sie die Tür, legte sich zu Bett und fragte sich mit einem Mal, wie sie als Witwe aus angesehenem Hause sich so abscheulich hatte benehmen und sich dermaßen hatte entehren können. Sie warf sich schlaflos auf dem Bettpolster herum, und zur Scham gesellte sich Reue. Da sprang sie aus dem Bett, ergriff einen Dolch und schnitt sich die beiden Finger ab. Als das Blut nur so lief, war sie einer Ohnmacht nahe, aber sie kam wieder zu sich, nahm heimlich die beiden Finger, wälzte sie in Kalk und bewahrte sie gut verpackt sorgfältig auf. Zhao, der davon nichts wusste, gab am nächsten Tag seine Stellung auf und kehrte nach Hause zurück.

Der Sohn jener Frau Lu bat später, nachdem er die Doktorprüfung[17] bestanden hatte und Beamter in einem Ministerium geworden war, um Ehrung für seine Mutter.[18]

Zhao, der zu dieser Zeit bereits einen hohen Posten innehatte, lehnte diese Eingaben immer wieder ab. Frau Lus Sohn konnte sich das nicht erklären und berichtete, als er einen Heimaturlaub machte, seiner Mutter davon. Lächelnd sagte die Mutter: „Ich verstehe schon." Dann holte sie ein Kästchen aus Sandelholz hervor, versiegelte es und reichte es dem Sohn mit den Worten: „Gib es deinem ehemaligen Lehrer, wenn du wieder zu ihm gehst. Das wird wirken."

Der Sohn tat, wie ihm geheißen, und überreichte Zhao das Kästchen. Als dieser es aufmachte und hineinschaute, erblickte er nebeneinander zwei abgeschnittene Finger darin, und auf dem Kalkstaub waren noch undeutlich Blutspuren zu erkennen. Jetzt wurde ihm alles klar, und noch am selben Tag setzte er ein Schriftstück auf, in dem er um Ehrung für Frau Lu bat.

Das Vorkommnis ist in der Familienchronik der Zhaos festgehalten. Ein Verwandter von ihnen namens Shen Maocai hat es mir erzählt.

Eine Warnung vor sinnlicher Begierde

Der Gelehrte X aus Yuanpu war ein Schürzenjäger. Immer wenn seine Frau, die so schön wie tugendhaft war, ihm Vorhaltungen machte, wurde er ärgerlich.

Im 7. Jahr des Sechzigerzyklus [i. e. 1750] reiste er zur Teilnahme an der Staatsprüfung in die Hauptstadt. Als er nach Gongjiacheng kam, pflückte dort eine Frau Blumen vor der Haustür. Er schaute sie von der Seite her an und stellte fest, dass sie eine hervorragende Schönheit war. Also ließ er absichtlich die Reitgerte fallen, stieg vom Pferd, um sie gemächlich aufzuheben, und sagte dabei: „Der Student von Yingyang hat seine Peitsche fallen lassen. Will ihn die Edelfrau vom Lande Qian nicht in den Hof bitten?"[19]

Die Frau tat so, als habe sie nichts gehört, hob den Türvorhang an und ging hinein. X war tief enttäuscht, schwenkte ärgerlich die Gerte und ritt davon. Zur Nacht blieb er in einer Herberge, aber er wälzte sich schlaflos auf dem Bett hin und her. Als er eben den Kopf auf die Nackenstütze gelegt hatte, erblickte er einen Fremden mit hoher Kappe und langem Schwert, der in ein aprikosenfarbiges Hemd gekleidet war und mit stolzer Miene näher kam. X stand auf, bot ihm einen Platz an und fragte nach seinem Namen.

Da sagte der Mann: „Ich bin der Fremde mit dem gelben Hemd.[20] Seitdem die Tochter aus dem Hause Huo begraben wurde, habe ich mich mit dem Krausbärtigen und dem Malaien zusammen[21] auf dem Meer verborgen gehalten. Jetzt verspüre ich wieder Tatendrang und bin einmal in die Welt des Staubes[22] zurückgekommen."

Freudig erstaunt, schilderte X ihm, was er erlebt hatte, und beriet sich vertraulich mit ihm.

„War das nicht am Tor des fünften Hauses südlich der Stadt?", erkundigte sich der Fremde. „Dort, wo ein Gingkobaum steht, der mit einer grünen Kletterpflanze bedeckt ist, die violette Blüten trägt?"

„Dort war es", bestätigte X.

„Die Frau stammt aus gutem Hause, und ihr Mann trägt ebenfalls die Gelehrtenkappe, die Familie steht der Euren nicht nach", erläuterte der Fremde. „Es ist also nicht der Weidenbaum von Zhangtai, an dem sich andere vergreifen können."[23]

Als X dennoch darauf bestand, dass der Fremde einen Plan für ihn ersann, sagte der: „Ich will Eurer Bitte erst einmal nachkommen, aber Ihr werdet es mir hoffentlich nicht verübeln, wenn ich dabei nicht sehr zartfühlend vorgehe." Damit ging er tatsächlich fort.

Bald darauf führte er die Frau herein. X leuchtete sie mit der Kerze an, und mit gelockertem Haarknoten und schief sitzenden Haarpfeilen sah sie jetzt sogar noch lieblicher aus. Er war hocherfreut und wollte sie liebkosend umarmen, aber noch war der Fremde da.

Der schien zu erkennen, worum es ihm zu tun war, und sagte: „Auch ich habe mir eine Schöne mitgebracht, die der hier Anwesenden ebenbürtig ist. Also vergnügt Ihr Euch mit dieser, während ich mich an jener erfreue, ohne dass einer den andern behindert!"

X sah sich am Ziel seiner Wünsche, fragte nicht, wer jene Schöne war, und bat den Fremden nur, ein Bett im östlichen Seitengebäude zu benutzen. Dann ging er mit seiner Schönen ins Bett und trieb die schlimmsten Unzüchtigkeiten mit ihr. Als er damit fertig war, schlich er sich zum Seitengebäude und spähte durch einen Riss im Fensterpapier. Er sah eine schöne Frau, die neben dem Fremden im Bett lag, und hörte, wie sie leise zu ihm sagte: „Mein Mann ist ein großer Flegel. Tagaus, tagein stellt er anderen Frauen nach, und mich lässt er zu Hause versauern. Nachdem ich heute mit Euch das Bett teilen darf, möchte ich den Schwur leisten, mit Euch zusammen zu leben, bis mein Haar weiß geworden ist." Der Fremde stützte ihren Kopf mit der Hand und erwiderte lächelnd: „Deine Worte zeugen von großer Klugheit, aber was wird aus deinem Mann, wenn du ihm Hörner aufsetzt und ihn wegschickst?"

„Warum ihn bedauern, wenn er die Vergeltung für seine Sünden bekommt?", fragte die Schöne.

Jetzt blickte X genauer hin und erkannte, dass die Schöne ganz wie seine Frau aussah. Voller Empörung stieß er die Tür auf, stürmte hinein und schrie: „Welcher freche Sklave wagt es hier, eine unbescholtene Frau zu beschmutzen?" Er zog das Schwert aus der Scheide, das am Kopfende lag, und wollte damit auf den Fremden einschlagen. Aber plötzlich war die Schöne verschwunden, der Fremde stand auf und trat lächelnd mit den Worten auf ihn zu: „So wisst auch Ihr, was es heißt, eine unbescholtene Frau zu beschmutzen? „Was du nicht willst, dass man dir tu', das füg auch keinem andern zu."[24] Wenn du eine Frau in deinem Bett hast, musst du auch ihrem Mann einige Freiheiten lassen."

X brachte kein Wort mehr heraus. Er hielt das Schwert in der Hand und machte ein böses Gesicht. Da stürzte plötzlich ein Mann mit einer Gelehrtenkappe auf dem Kopf in das innere Zimmer, packte die Frau und zerrte sie barfuß hinaus. Dann kam er ins östliche Seitengebäude, suchte dort nach X, entriss ihm das Schwert und wollte ihn töten. Der Fremde sprach zu seinen Gunsten, aber die drei Chi lange glänzende Klinge saß ihm eiskalt im Nacken. Zu Tode erschrocken, schrie er wild auf und wurde wach. Seufzend sprach er: „Wer jemandes Frau missbraucht, dessen Frau wird zur Strafe von jemandem missbraucht. Überdies ist es von der Unzucht zum Mord nur ein einziger Schritt. Das konnte ich gut am eigenen Leibe erfahren."

Nachdem X wieder zu Hause war, wurden er und seine Frau ein Herz und eine Seele, und er setzte keinen Fuß mehr ins Freudenhaus.

Eine Bettlerin begeht Selbstmord
um ihrer Keuschheit willen

Die Bettlerin Klein Miao'er aus Qingzhou hatte einen etwas dunklen Teint, aber das Gesicht war schön geformt. Mit ihrem Mann Wang Wu zusammen lebte sie in Huai von milden Gaben. Wang war faul und gewalttätig. So lag er tagsüber im Gedächtnistempel des Herrn Huang herum, seine Frau aber schickte er betteln. Brachte sie bei der Rückkehr wenig mit, schlug er sie mit dem Stock und fragte: „Wo warst du dich amüsieren, dass du nur so ein bisschen bekommen hast?" Brachte sie viel mit, schlug er sie ebenfalls und sagte: „Wer ist der Galan, bei dem du dir dieses Geld verdient hast? Wenn ich es herausfinde, kenne ich kein Erbarmen!" Sobald sie etwas widerspenstig war, setzte er sich auf die Treppenstufen und zwang sie, niederzuknien und sich selbst zu ohrfeigen. Aber sie stritt nicht mit ihm, schluckte ihre Tränen herunter und nahm alles ergeben hin.

Eines Tages schickte N., der reichste und mächtigste Mann des Ortes, einen Diener, um Miao'er zu sich zu rufen. Sie dachte nach und wurde misstrauisch. Also ging sie in Begleitung ihres Mannes hin.

N. befahl ihr, das „Lied vom Jujubenpflücken" zu singen. Als sie damit fertig war, flüsterte N. lange mit seinem Diener. Nachdem dieser den Wang in ein Seitengebäude geführt und ihm dort Wein vorgesetzt hatte, sagte N. unter vier Augen zu Miao'er: „Bei deiner Schönheit hattest du nicht befürchten müssen, keinen guten Mann zu finden, und doch ist es dazu gekommen, dass du die Frau eines Bettlers geworden bist. Noch dazu habe ich gehört, dass er dich morgens misshandelt und abends beleidigt. Damit ist die Ehebeziehung hinfällig. Wahrscheinlich hast du schon längst deine eigenen Pläne."

Wütend entgegnete Miao'er: „Ich, das Bettelweib, weiß nur, dass ich einen Mann habe, ich weiß nichts von Misshandlungen am Morgen und Beleidigungen am Abend. Bis an mein Lebensende gibt es für mich nur den einen, was für Pläne sollte ich also machen?"

Lächelnd sagte N.: „Wenn du keine Pläne hast, ich habe längst für dich geplant." Und er führte sie hinaus in das Seitengebäude, wo ihr Mann mit einem kurzen Gurt um den Hals tot auf der Erde lag.

Miao'er war sich darüber im Klaren, dass ein Ei und ein Stein keine ebenbürtigen Gegner sind, darum verstellte sie sich und sprach: „Du Schuft! Zehn Jahre lang bin ich dir gefolgt, und was war der Lohn dafür? Immer habe ich gleich den Knüppel zu spüren bekommen. Was heute geschah, ist die Vergeltung des Himmels."

N. war hocherfreut, da sagte Miao'er zu ihm: „Es war wirklich eine gute Tat, ihn umzubringen. Aber selbst wenn Hunde oder Pferde umkommen, gehört es sich, sie mit einem alten Vorhang oder einer alten Decke zu beerdigen.[25]

Es wäre wahrhaftig eine große Güte von Euch, wenn Ihr ihm ein Fleckchen Erde als Grab gönntet."

N. vertraute auf ihre Worte und befahl seinem Diener, sie zu bewachen, während er hinausging ins freie Feld, um den Platz für das Begräbnis zu bestimmen. Miao'er nutzte die Gelegenheit, um den Diener zu fragen: „Weißt du, was mein sehnlichster Wunsch wäre?" „Nein", sagte der Diener. „Ich war die Frau eines Bettlers", erklärte sie ihm. „Wenn ich jetzt auf einmal die Frau eines reichen Mannes werde, sind Essen und Trinken und die übrige Lebensweise für mich ungewohnt. Ich bin es zufrieden, wenn ich jemanden wie dich habe, für den ich sorgen kann."

Der Diener freute sich, dann fragte er: „Und was wird mit meinem Herrn?" „Wenn du schnell beim Beamten Anzeige erstattest, wird dein Herr mit Sicherheit eingesperrt. Wir aber packen alles ein, gehen fort von hier und fangen irgendwo anders einen kleinen Handel an", schlug Miao'er vor. „Das ist bedeutend besser, als sich ständig ducken zu müssen." Der Diener lobte diesen Plan reichlich und eilte durch den Hinterausgang davon.

Als N. wiederkam, vermisste er den Diener und fragte Miao'er nach ihm. „Ich denke mir, er wird Euch nachgegangen sein, weil Ihr nicht wiederkamt", log Miao'er.

Jetzt umarmte N. sie und verlangte nach ihrer Liebe. „Das ist ja lächerlich!", hielt sie ihm vor. „Wann hätte man je erlebt, dass jemand eine Frau zwingen will, mit ihm zu schlafen, während da noch der frische Leichnam ihres Mannes liegt?"

Als N. sie dennoch weiter bedrängte, sagte sie mit ernster Miene: „Weil er brutal zu mir gewesen ist, habe ich mich überwunden, Euch zu dienen. Wenn jetzt Ihr Zwang ausübt, wird nur ein Tyrann durch einen anderen ersetzt? Wo ist da der Unterschied?"

N. setzte eben zu einer Erwiderung an, als er plötzlich seinen Diener erblickte, der mit mehreren Männern angestürmt kam, die Stricke trugen. Damit fesselten sie N. und führten ihn ab. Miao'er ging zum Amtshaus hinterher und legte gegen N. Zeugnis ab, der sofort gestand und zum Tode verurteilt wurde. Sein Diener kam um eine Stufe milder davon, weil er zwar Mittäter war, aber die Tat angezeigt hatte. Er wurde ins Gefängnis geworfen. Außerdem wurde angeordnet, den Leichnam des Wang Wu in einem einfachen Grab zu bestatten.

Als das getan war, trat Miao'er mit einem Messer in der Hand vor. Die Umstehenden redeten nach Kräften auf sie ein und sagten dabei: „Nachdem er so grausam zu dir gewesen ist, solange er am Leben war, ist es schon mehr als genug, dass du Hass mit Tugend vergolten hast. Warum also willst du so etwas tun?"

Seufzend erwiderte Miao'er: „Die Frau hat dem Mann gegenüber dieselben Pflichten wie der Untertan dem Herrscher gegenüber. Mein Tod wird allen im Reich zeigen, dass eine Frau, die ihre Pflicht erfüllt, nicht das Verhalten des Mannes zum Vorwand nehmen darf. Denn wenn sie den Mann in Schande bringt, ist das nichts anderes, als wenn der Untertan als Gras oder Kraut angesehen wird[26] und deshalb wagt, den Herrscher wie einen Banditen oder Feind anzusehen."

Nachdem sie so gesprochen hatte, schnitt sie sich die Kehle durch und starb.

Im Dorf der üppigen Pfirsichblüten

Der Student Jiang aus Taicang, der schon mit Anfang zwanzig ein fähiger Literat war, befuhr mit Kaufleuten zusammen das Meer. Ihr Schiff wurde zu einer Gegend getrieben, wo die Berge gleich Stellschirmen hintereinander aufgereiht lagen und die Flüsse so klares Wasser führten, dass es dort aussah wie gemalt. Ringsum ragte nirgendwo eine Stadtmauer auf, stattdessen umschlossen Zehntausende von Pfirsichbäumen gleichsam eine Ortschaft. Es war eben der zweite Frühlingsmonat, ein duftgetränkter Wind wehte sacht, und die zahllosen Bäume, die eben voll aufgeblüht waren, standen reihenweise und wirkten wie brokatene Hüllen oder bestickte Vorhänge.

Frohgelaunt spazierte Jiang mit dem Kaufmann Ma zusammen langsam zwischen den blühenden Bäumen hindurch, als sie plötzlich ganze Gruppen aus Dutzenden prächtiger Wagen, schwärmenden Bienen gleich, angebraust kommen sahen. Auf den Wagen saßen teils einfach, teils prächtig geschmückte Mädchen, manche hässlich, andere schön. Eine war dabei mit eingefallenen Wangen, verkrüppelten Ohren und vorstehenden Zähnen. Aber danach zu urteilen, wie sie mit Perlen behängt und in Federn gehüllt war, musste sie einer reichen und vornehmen Familie angehören. Mit Macht versuchte sie, kokett zu wirken, indem sie an ihrem Tuch zupfte und das Gesicht schelmisch hinter dem Ärmel verbarg. Jiang und Ma konnten sich das Lachen nicht verbeißen.

Im letzten Wagen fuhr ein bildschönes Mädchen mit einer Dornenhaarnadel in der Frisur und in schlichte Baumwolle gekleidet.[27] Mit ihrer natürlichen Anmut konnten sich auch die herrlichsten Blumen nicht messen. Jiang war zutiefst verwundert und ging mit Ma zusammen den Wagen nach. Die Achsen knarrten, die Räder ratterten, und schnell wie Wind und Blitz langten die Fahrzeuge vor einem Amtsgebäude an, wo alle Mädchen abstiegen und im Haus verschwanden.

Jiang, der sich keinen Reim darauf machen konnte, erkundigte sich bei einem Einheimischen, der ihm erklärte:

„Dies ist das Dorf der üppigen Pfirsichblüten.[28] Immer im zweiten Frühlingsmonat ist hier Hochzeitssaison. Der hiesige Beamte gibt die Burschen und Mädchen zusammen, indem er sie vor dem Termin aufruft, sich im Amtshaus einzufinden, wo er dann zuerst die Mädchen aus dem Volk registriert, einzeln in Augenschein nimmt und ihre Rangfolge festlegt. Die Ränge werden nach dem Aussehen vergeben. Am nächsten Tag werden dann die Burschen aus dem Volk registriert, aber bei ihnen geht es nicht um das Äußere, sondern um die Begabung, denn der Beamte prüft anhand ihrer Werke ihre literarischen Qualitäten und bestimmt danach die Rangfolge. Anschließend fasst er beide Listen zusammen und paart die Erste mit dem Ersten, die Zweite mit dem Zweiten und so weiter. Auf diese Weise werden Schönheit und Klugheit im rechten Verhältnis zusammengeführt. Heute ist der Prüfungstag für die Mädchen, morgen der für die Burschen. Wollt Ihr nicht an der Freude der anderen teilhaben, falls Ihr noch nicht verheiratet seid?"

Jiang stimmte zu, mietete sich mit Ma zusammen in einer Herberge ein und blieb. Er sagte sich, jenes Mädchen im Wagen müsse ihrer Schönheit wegen auf Platz eins kommen, und er war überzeugt, auch er könne aufgrund seiner hervorragenden Aufsätze nicht bloß Zweiter werden. Angesichts dieser himmlischen Fügung werde sein Wunsch, irgendwo auf der Welt das rechte Phönixweibchen zu finden, nicht enttäuscht.

Doch auch Ma hatte das Mädchen im Kopf und wollte sich der Prüfung stellen. Er beriet sich mit Jiang darüber, aber der sagte lachend: „Ihr wart doch in so etwas nie firm. Warum musstet Ihr Euch ausgerechnet mit Handel und Buchführung abgeben?" Doch Ma bestand darauf, er wolle teilnehmen, und so begaben sie sich am nächsten Tag zum Examenshof und legten die Prüfung ab. Jiang hatte seinen Aufsatz im Nu fertig, ohne einen einzigen Pinselstrich daran ändern zu müssen, Ma dagegen malte nur flüchtig ein paar krakelige Schriftzeichen aufs Papier.

Als sie nach der Prüfung in ihr Quartier zurückgekehrt waren, erschien dort ein Mann, um im Auftrag des Prüfers dreihundert Schnüre Münzen[29] zu fordern. Dafür versprach er den Rang des Prüfungsbesten.

Empört sagte Jiang: „Abgesehen davon, dass mein Geldbeutel erbärmlich leer ist, so dass ich einen Nimmersatt nicht zufriedenstellen kann, würde ich mich, selbst wenn ich ein ganzes Haus voller Gold hätte, nicht der Allmacht des Geldes bedienen, um dem Aufsatzschreiben die Luft zum Atmen zu nehmen."

Als der Mann sich daraufhin beschämt zurückzog, ging Ma ihm nach, zog Gold aus der Tasche und gab es ihm. Als dann die Prüfungsergebnisse verkündet wurden, rangierte er auf Platz eins, Jiang aber stand schmählich an letzter Stelle, und so sagte er seufzend: „Dass sich Geschriebenes als machtlos erweist, ist kein Grund zum Jammern, wie aber soll ich mich damit abfinden, dass mir die Schöne entgeht und ich statt ihrer eine hässliche Frau bekomme?"

Bald darauf stellte der Prüfer die Paare zusammen und befahl dem rangletzten Mädchen, Jiang als Bräutigam ins Haus zu nehmen. Jiang glaubte, es sei bestimmt das Mädchen mit den eingefallenen Wangen, den verkrüppelten Ohren und den vorstehenden Zähnen. Aber als er ihr das Tuch vom Kopf nahm,[30] leuchtete darunter ein liebliches Gesicht, das ganz Frische und Duft war – es war eben jenes bildschöne Mädchen.

Jiang wollte genau wissen, wie es dazu gekommen war, und seine Braut berichtete: „Unsere Familie ist arm. Die Perlen haben wir verkauft, das Haus notdürftig ausgebessert.[31] Und unsere Tage verbringen wir nicht mit Müßiggang. Der Prüfer hat ein reichliches Schmiergeld von mir gefordert, um mir den ersten Platz zuzusprechen, daraufhin habe ich ihm laut scheltend die Tür gewiesen. Deswegen grollt er mir und hat meinen Namen ganz ans Ende der Liste gesetzt."

Lächelnd kommentierte Jiang dies mit den Worten: „War es nicht ein Glück, dass dem Alten an der Grenze das Pferd weggelaufen ist?[32] Hätte ich mir mit dreihundert Schnüren Münzen Platz eins erkauft, dann wäre ich nicht mit dir jadegleichem Wesen zusammengekommen."

„Hier wurde aber nichts auf den Kopf gestellt, vielmehr geht es immer so zu in der Welt. Sein Glück kann man nur erbitten, indem man sich selbst treu bleibt", legte das Mädchen lächelnd dar, und Jiang seufzte vor Bewunderung laut auf.

Am nächsten Tag ging er zu Ma, um ihn zu beglückwünschen, aber Ma machte einen ganz niedergeschlagenen Eindruck und sprach kein Wort, denn die Prüfungsbeste, die er zur Frau bekommen hatte, war niemand anders als das Mädchen, das gewollt kokett am Tuch gezupft und das Gesicht schelmisch hinter dem Ärmel verborgen hatte.

Höflich lächelnd fragte Jiang, warum sich das so ergeben habe, und erfuhr, dass sie vom Prüfer für tausend Liang Silber auf Platz eins der Mädchenliste gesetzt worden war. Und weil Ma dank seiner Anbiederei auf Platz eins der Liste der jungen Männer stand, war ihm dieser Schatz zuteil geworden.

Dazu bemerkte Jiang, wiederum lächelnd: „Dass Ihr durch Euer Streben nach einem hohem Rang einen schweren Verlust erlitten habt, ist einzig und allein Euch selber zuzuschreiben. Worüber also habt Ihr Euch zu beklagen?"

Aber Ma war weiter bekümmert und unzufrieden. Ein halbes Jahr später fuhr er übers Meer nach Hause zurück. Jiang dagegen blieb seiner Gattin treu und wurde jenseits der Meere sesshaft, ohne je heimzukehren.

Eine ungewöhnliche Eheschließung

Wen Deng, der mit Ehrennamen Dao'an hieß, war in Wukang in der Provinz Zhe zu Hause und hatte sich im Alter von siebzehn Jahren für die Aufnahme in die Kreisschule qualifiziert. Seine Verlobte, eine geborene Bai, starb jung, was ihn traurig und verdrossen stimmte. Darum reiste er umher und sann auf einen Plan, wie er eine Frau finden könnte. Als ihn der Zufall nach Fengyang führte, begegnete ihm auf der Straße ein Daoist, der sich erkundigte, woher er käme. Wen erzählte ihm, was er im Sinn hatte, und der Daoist sagte: „Wenn Ihr von hier aus gut fünfzehn Li nach Südosten geht und dort sucht, werdet Ihr bestimmt etwas finden."

Wen, der seinen Worten Glauben schenkte, schritt in die Richtung, die jener ihm gewiesen hatte. Er fand eine Bühne unter freiem Himmel, auf der eben ein Stück aufgeführt wurde, um den Himmel zur Frühjahrsbestellung gnädig zu stimmen. Die Zuschauer wimmelten so zahlreich wie Bienen oder Ameisen, darum konnte Wen dort nicht in Ruhe stehenbleiben. Als er um sich schaute, erblickte er hinter herabhängenden Weidenzweigen ein Stück von dem zierlichen Obergeschoss eines Hauses, wie es von den Frauen und Töchtern reicher und vornehmer Familien bewohnt wird, und in der offenen Tür ein junges Mädchen, das den Türvorhang zusammengerafft hielt und das lange Obergewand aufgeschürzt hatte, um heimlich von der Seite her zuzusehen. Ihr Gesicht war gepudert, die Brauen waren geschwärzt, und zweimal warf sie einen kurzen Blick zu Wen herüber. Zögernd ging er auf und ab, um weiter nach ihr zu schauen, und es kostete ihn Mühe, sich zu beherrschen.

Als die Sonne sich nach Westen neigte und die Musik auf dem Festplatz verstummte, starrte Wen noch immer zu der leeren Türöffnung hinauf, ohne gleich zu bemerken, dass sich alle Zuschauer längst verlaufen hatten. Plötzlich schlug ihm jemand auf die Schulter und herrschte ihn an: „Welcher Tölpel linst hier heimlich in Mädchengemächer?"

Wen wandte sich um und erblickte einen Mann von hünenhafter Gestalt, der jetzt seinen Arm fasste und ihn ins Haus zog. Wen schlotterten die Knie, er wurde blass und wäre lieber gegangen. Darüber wollte der Mann sich vor Lachen ausschütten und sagte: „So feige seid Ihr und musstet doch den wilden Mann markieren? Um die Wahrheit zu sagen, das Mädchen im Obergeschoss ist meine Tochter. Wenn Ihr noch nicht verheiratet seid, will ich sie Euch zur Frau geben."

Wens Furcht verwandelte sich in Freude, und ohne Zögern willigte er ein. Inzwischen war es Zeit geworden, die Kerzen anzuzünden. Nachdem das Mädchen sich ordentlich hatte herausputzen müssen, wechselte sie mit Wen die zeremoniellen Stirnaufschläge[33] und führte ihn dann ins Brautgemach. Eben wollte er ein verliebtes Gespräch beginnen, da wurde das Mädchen plötzlich von der Mutter herausgerufen. Wen saß einsam im Kerzenschein und langweilte sich.

Als bereits die zweite Nachtwache[34] angebrochen war, sah er, wie das Mädchen allein um die Ostseite[35] des bemalten Wandschirms gebogen kam. Vor dem Spiegel nahm sie den phönixförmigen Kopfschmuck ab, der mit leuchtend blauen Eisvogelfedern belegt war, und zog zwei Stengel gelben Jasmin aus dem Schläfenhaar. Sie legte den eibischfarbenen Schulterkragen ab und den gefältelten Schürzenrock mit Mandarinentendekor, dann lehnte sie sich ans Bettgestell, um die bestickten Schuhe aus Seidenzwillich und die Beinlinge abzustreifen und sie durch weiche rote Bettschuhe zu ersetzen. Nachdem sie mit schamhaft gesenktem Kopf einmal kurz gelächelt hatte, schlüpfte sie als erste zwischen den doppelten Bettvorhängen hindurch.

In Wen loderten die Flammen der Begierde, und er war nicht mehr Herr über sich selbst. Er stieg aufs Bett und griff begierig nach dem Mädchen, aber da war niemand, nur die mit Stickereien geschmückten Kissen lagen herum, und die mit Brokat bezogene Decke war zurückgeschlagen. Wen bekam einen argen Schreck und konnte sich die Sache nicht erklären. Mit der Decke in den Armen lag er allein im Bett und wälzte sich voller Unruhe die ganze Nacht durch von einer Seite auf die andere.

Als es langsam hell zu werden begann, kam das Mädchen, doch auf Wens Fragen antwortete sie mit Schweigen. Am Abend verbarg sich Wen vorab hinter den brokatenen Bettvorhängen. Doch erst spät in der Nacht erschien das Mädchen, gekleidet in eine halblange rote Jacke, um die ein Gürtel aus violetter Seidengaze geschlungen war, verziert mit goldenen Phönixen. Ihr Haar war wirr, als sei sie eben aus dem Schlaf erwacht, darüber trug sie ein schwarzes Tuch. Ihr Unterkörper wurde durch den bestickten Rock kaum verhüllt, der die Hosen aus längs gemusterter roter Seidengaze sehen ließ. Die aus Golddraht geflochtenen Schuhe in der Hand, kam sie auf Strümpfen daher, teilte die Vorhänge und stieg aufs Bett.

Wen packte sie beim Arm und drehte sie herum. Eine rote Lawine stürzte auf die Wu-Berge nieder.[36] Doch als er das Mädchen dann haben wollte, war sie verschwunden. War sie eine unsterbliche Fee, war sie ein Totengeist? Er vermochte es nicht zu ergründen.

Während die Sonne schon hoch am Himmel stand und er vergeblich auf das Mädchen wartete, kam zufällig ihre jüngere Schwester Yinggu an der offenen Zimmertür vorbei, während er in bitterer Einsamkeit beim Spiegel saß und eben den Schreibpinsel anleckte, um ein paar Schriftzeichen zu schreiben. Sie nahm es aus den Augenwinkeln wahr und fragte: „So hast auch du lesen und schreiben gelernt?"

„Mit meinem Vater kann ich mich zwar nicht messen, doch wurde ich schon mit fünfzehn für die Kreisschule zugelassen", antwortete Wen. „Wie sollte der Sohn eines Examenskandidaten nicht lesen und schreiben können?"

Unwillkürlich seufzte Yinggu, und als Wen, der sich keinen Reim darauf machen konnte, sie immer wieder deswegen drängte, sagte sie endlich: „Du dauerst mich, weil du ein vielversprechender Jüngling bist, deine letzte Stunde aber schon naht, ohne dass du dir dessen bewusst bist."

Wen bat sie auf Knien um Aufklärung, und sie verriet ihm: „Unsere Eltern sind Fachleute dafür, anderen Menschen mit Hilfe von schwarzer Magie den Besitz zu rauben. Wenn sie so etwas ins Werk setzen wollen, opfern sie den Geistern unbedingt erst einmal ein Menschenleben, damit diese ihnen den Weg ebnen. Und immer wieder dient ihnen meine ältere Schwester als Köder. Dem Namen nach heißt es wohl Mann und Frau, tatsächlich aber kommt es zu keinem einzigen wirklichen Kontakt. Seitdem ich denken kann, habe ich Hunderte und Tausende junger Männer vom Lustlager kommen und auf den Opferaltar steigen sehen. Wenn heute Nacht die hellen Sterne scheinen, bist wahrscheinlich du an der Reihe."

Als Wen in seiner Not unter Stirnaufschlägen um Hilfe bat, beschied ihn Yinggu: „Wie sollte ich dich retten? Falls dir jemand aus der Patsche helfen kann, ist es meine Schwester."

Wen fragte, wie sie das meinte, und sie eröffnete ihm: „Wenn meine Schwester verschwindet, sobald sie aufs Bett gestiegen ist, rührt das daher, dass unter dem Bettpolster ein zauberkräftiger Talisman mit sechsunddreißig roten und grünen Fäden klemmt. Den musst du finden und wegwerfen, dann kann sie nicht mehr entkommen. Nachdem ihr wirklich Mann und Frau geworden seid, musst du sie anflehen, dich aus Zuneigung und Pflichtgefühl vor dem Unheil zu bewahren."

Wen versprach, die Empfehlung strikt zu befolgen, und Yinggu zog sich zurück, ohne dass jemand anderes sie bemerkt hätte. Als er unter dem Bettpolster nachschaute, erwiesen sich ihre Worte als wahr. Rasch warf er den Talisman fort, und als seine Frau am Abend kam, wartete er, bis sie ihre Kleider gelockert hatte und aufs Bett stieg, dann zog er sich nackt aus und kam näher.

Seine Frau schien zu durchschauen, was geschehen war, denn sie sagte: „Hat die Sklavengöre also geschwatzt und der Familie das Geschäft verdorben! Aber wenn schon, der Himmel muss es so gewollt haben." Sie richtete sich auf und warf sich an seine Brust, und endlich wurde die freudvolle Vereinigung vollzogen.

Als sie fertig waren, kniete Wen nackt am Kopfende nieder und beschwor seine Frau, ihm zu helfen. „Bis ans Ende meiner Tage bleibe ich deine Gemahlin; auch wenn es mich zehntausendmal das Leben kosten kann, werde ich dir folgen", versicherte sie. „Es bedurfte nicht deiner Worte."

Sie stand rasch auf, band einen Hahn am Ende eines Stockes fest und befahl Wen, diesen zu schultern. Danach wies sie ihn an: „Du musst ungefähr dreißig Li weit nach Norden gehen und warten, bis der Hahn das erste Mal kräht. Dann lässt du ihn laufen und gehst weiter. Wenn du noch einmal gut zwanzig Li zurückgelegt hast, wartest du auf mich, damit wir uns gemeinsam auf den Weg machen können."

Wen prägte sich alles gut ein und ging los. Seine Frau gab inzwischen ihrem Vater einen falschen Bericht, über den er in rasenden Zorn geriet. Er stieg aufs Pferd und wollte Wen nachsetzen. Die Tochter aber riet ihm: „Durch Verfolgung bekommst du ihn nicht mehr zu fassen. Besser ist es, ihm mit dem fliegenden Schwert den Kopf abzuschlagen." Der Vater folgte ihrem Rat und schleuderte im Hof das Schwert in die Luft, sein Flug glich einer Bahn weißer Seide. Wenig später zuckte ein Blitz, und das Schwert fiel klirrend zu Boden. Es triefte von frischem Blut.

Inzwischen war Wen zum nördlichen Stadttor hinausgegangen, und als er vielleicht dreißig Li weit gekommen war, krähte der Hahn am Stock laut, und so setzte er ihn flink auf die Erde. Im nächsten Augenblick schoss ein weißer Lichtstrahl herab, und der Hahn verstummte.

Nachdem Wen noch zwanzig Li bewältigt hatte, war er mit seinen Kräften am Ende und rastete unter einem Baum. Da sah er, wie ein Kranich zwischen den Wolken hervorkam und sich auf dem Erdboden niederließ. Auf dem Kranich aber ritt seine Frau, die ihn dann einfach einsteckte, denn er war aus Papier. „Die große Gefahr ist vorüber", sagte sie lächelnd. „Kehren wir bitte in deine Heimat zurück!"

„Und was ist mit deinem Vater?", fragte Wēn.

„Schwarze Magie wirkt nicht unendlich",[37] erklärte sie ihm. „Über mehr als fünfzig Li sind wir für ihn nicht zu erreichen."

Sie warteten bis zum Morgen, dann machten sie sich auf den Weg, und es dauerte keinen ganzen Monat, bis sie gemeinsam in Wens Heimatort ankamen. Hier studierte Wen hinter verschlossenen Türen, in den Mußestunden aber vergnügte er sich bei heimlichen Spielen mit seiner Frau.

Eines Tages platzte ein junges Mädchen zu ihnen ins Haus, und bei näherem Hinsehen erwies sich, dass es Yinggu war. Beide Eheleute standen auf, um zu fragen, warum sie gekommen war, und sie antwortete: „Seitdem du fortgegangen warst, Schwester, wollten die Eltern mich zwingen, an deine Stelle zu treten. Ich aber hielt das für unter meiner Würde, und es ging so weit, dass ich ihren Zorn zu spüren bekam, indem sie mich Tag für Tag mit der Peitsche schlugen. Glücklicherweise ist unser Vater jetzt zu einem Magiertreffen gereist, und so habe ich die Gelegenheit genutzt, um zu fliehen. Dann habe ich bedacht, wie schwach und einsam ich bin und dass ich weiter keine Verwandten habe, auf die ich mich stützen könnte. Darum habe ich mich hierher durchgefragt, um bei euch Obdach zu finden."

Ihre ältere Schwester war hocherfreut, Wen jedoch wandte ein: „Es ist sehr gut, dass du zu uns gekommen bist, Schwägerin, aber welche Rolle willst du hier spielen, wenn du weder Krähe noch Phönix bist?"

Lächelnd mischte sich seine Frau mit den Worten ein: „Ich bin seit jeher nicht argwöhnisch, und du tätest gut daran, dich für ihre Güte erkenntlich zu zeigen. Schließlich gibt es das Beispiel von Nüying und Ehuang,[38] an das wir uns halten können." Und sogleich holte sie Haarpfeile und Ohrringe, um Yinggu das Haar hochzustecken und sie zu schmücken.

Errötend wehrte Yinggu ab, indem sie sagte: „Ich bin lediglich gekommen, um als Schwalbe im Türgebälk zu nisten. Wie könnte eine Wildente verlangen, sich unter die Mandarinenten mischen zu dürfen!" Erst als ihre Schwester es ihr mit ernsthaften Worten erklärt hatte, machte sie keine Einwände mehr.

Eben sollte sie mit Wen die zeremoniellen Stirnaufschläge wechseln, da trat jener Daoist ins Haus und fragte mit lächelnder Miene: „Hat sich meine Voraussage, dass Ihr eine Frau finden würdet, heute nun voll bestätigt oder nicht?"

Wen bedankte sich ehrerbietig bei ihm, die beiden Schwestern aber sahen ihn aufmerksam an und sagten erstaunt: „Wie es scheint, seid Ihr der Lehrmeister unseres Vaters!"

„Der bin ich", bestätigte der Daoist. „Eurem Vater ist es nicht gelungen, die Kunst der Unsterblichkeit zu erlernen, stattdessen ist er zum schwarzen Magier verkommen. Ja, er hat sich sogar die Techniken des Umgangs mit Talismanen und der magischen Flucht, die zu unserer Lehre gehören, für seine täglichen Untaten zunutze gemacht. Trotz schmerzhafter Belehrungen hat er seinen Sinn nicht gewandelt, bestimmt wird er eines Tages vernichtet. Als seine Töchter hättet auch ihr unschuldig einen grausamen Tod erlitten, deshalb habe ich euch den jungen Herrn Wen zugeführt, damit er euch in allem behilflich ist, so dass ihr der Gefahr entrinnt."

Die Schwestern erkundigten sich, ob ihre Eltern wohlauf seien, und der Daoist eröffnete ihnen: „Während wir uns hier unterhalten, wird eben eure ganze Familie in Ketten gelegt." Als die Schwestern darüber in Tränen ausbrachen, sagte er: „Dies ist nichts als der Lohn für so große Schlechtigkeit. Was also gibt es zu weinen?" Und mit einer wegwerfenden Handbewegung ging er fort.

Später ließ Wen die Auskunft insgeheim überprüfen und erfuhr, dass die Angehörigen seiner Frauen tatsächlich an diesem Tag von Soldaten verhaftet und ausnahmslos in der westlichen Vorstadt hingerichtet worden waren. Nun glaubte er erst recht an die übernatürlichen Fähigkeiten des Daoisten.

Prüfungserfolg durch einen Furz

Ein Student Xia aus Lintong,[39] der mit Rufnamen Qitong hieß, war von Natur aus einfältig. Er übte sich in der achtgliedrigen Schreibweise,[40] erntete aber für jeden Aufsatz, den er anfertigte, unfehlbar lautes Hohngelächter von allen anderen. Als er gelegentlich an einer Auswahlprüfung für

Anfänger teilnahm, schrieb er einen Aufsatz ab, den jemand anders früher verfasst hatte, und wurde in die Kreisschule aufgenommen. Als er sich dann der Jahresprüfung stellen musste, vermutete er, er werde bestimmt schlecht abschneiden, und als er auf dem Markt einen Wahrsager fand, ließ er sich das Orakel stellen. Dabei erhielt er den Spruch: „Nicht zu sehen, nicht zu hören, vom Edlen gedeutet, wird ein Titel zuteil."

Beglückwünschend hob der Wahrsager die Hände und verkündete ihm: „Mit Eurem Aufsatz kommt Ihr mit Sicherheit auf Platz eins." Freudestrahlend erzählte Xia den anderen davon, und sie sagten: „Auch wenn der Bildungskommissar auf beiden Augen blind ist, wird er doch riechen, wo etwas faul ist und wo nicht. Du darfst vielleicht hoffen, der Beste unterhalb der dritten Kategorie[41] zu werden."

Als der Bildungskommissar[42] ernannt wurde, der nach Xi'an gehen sollte, verabschiedete er sich vor der Abreise von seinem ehemaligen Hauptprüfer,[43] der jetzt Minister war und aus Xi'an stammte. Weil er meinte, dort werde es Studenten geben, die dem Minister am Herzen lagen, bat er eindringlich um Instruktionen, und als sich der Minister, der eben einen Furz ließ, etwas von seinem Sitz erhob, nahm er an, jetzt wolle er ihm etwas auftragen, und fragte eilfertig danach. Da sagte der Minister: „*Xia qi tong* (unten ist ein Wind abgegangen), weiter ist nichts."

„Sehr wohl", antwortete der Bildungskommissar, der glaubte, Xia Qitong müsse jemand sein, mit dem der Minister sehr vertraut war, und er prägte sich den Namen fest ein.

Als er dann in Xi'an die Prüfung abnahm, gab es dort tatsächlich einen Studenten, der mit Familiennamen Xia und mit Rufnamen Qitong hieß. Nach Abschluss der schriftlichen Prüfung las der Bildungskommissar Xias Aufsatz sorgfältig durch und stellte fest, die Darlegung war dermaßen absurd, dass er sich den Bauch halten musste vor

Lachen über so einen Auftrag des Ministers. Aber notgedrungen nahm er eine willkürliche Bewertung vor und erklärte Xia zum Prüfungsbesten.

Als die Prüfungsergebnisse öffentlich verkündet wurden, reagierten die übrigen Studenten zunächst mit Lärm, dann aber bedachten sie, dass der Bildungskommissar ein gefeierter Angehöriger der Hanlin-Akademie[44] war, der bestimmt einen unfehlbaren Blick für Prüfungsaufsätze hatte. Außerdem war Xia ein armer Student, der sich ganz gewiss keine Beziehungen zunutze machen konnte. Darum blieb es unbegreiflich, wie er als miserabler Aufsatzschreiber so einen hervorragenden Platz hatte belegen können.

Als der Bildungskommissar nach Beendigung seiner Amtszeit in die Hauptstadt zurückgekehrt war, unterrichtete er den Minister über das Prüfungsergebnis. Der Minister verstand nicht, wovon er sprach, und dachte mit gesenktem Kopf lange nach. Plötzlich brach er in lautes Lachen aus und sagte: „Ihr habt mich missverstanden. Ich hatte damals einen fahrenlassen, darum habe ich das gesagt. Wann hätte ich Euch einen Auftrag erteilt!"

Jetzt wurde dem Bildungskommissar alles klar, und er lachte ebenfalls laut heraus. Später sprach sich die Sache bis nach Xi'an herum, und nun waren die Zweifel der anderen Studenten beseitigt.

Ach! Wer seinen Ruhm einem Furz verdankt, wird zwar von der Gelehrtenschaft ausgelacht, aber ist das nicht besser, als wenn der Prüfungsaufsatz nur nach Geld stinkt?

Caihua, die Frau des dritten Heiligen[45]

In den Dörfern im nördlichen Teil des Kreises Yixing[46] spukte ein Gespenst, das die dritte Frau Kohlblüte genannt wurde. Der volkstümlichen Überlieferung nach war sie die

Gemahlin des dritten der Fünf Heiligen. Sie tat sich mit Männern zusammen und lief ihnen dann weg. Seit jeher kam sie nie in die Stadt und betörte nur Männer aus den Dörfern.

Ein alter Mann in einem Dorf hatte einen Sohn namens Fulang („Glücksjüngling"). Dieser ging an einem Frühlingstag zwischen den Feldern spazieren, als er eine Frau erblickte, wie wohl schon älter war, aber schön anzusehen. Als sie auf dem schmalen Damm zwischen den bewässerten Reisfeldern so dicht aneinander vorbeigingen, dass ihre Arme sich streiften, drückte Fulang verstohlen ihr Handgelenk.

Die Frau lachte kollernd auf, nahm ihn sofort bei der Hand und ging mit ihm an einen Ort, wo es weder Tor noch Hof noch Haus gab. Nur eine winzige Hütte erblickte er, in der quer zum Raum ein weißes Holzbett stand, auf dem Decke und Polster lagen. Die Frau zog ihn mit sich aufs Bett und entblößte empfangsbereit ihren Unterleib.

Fulangs Schwert war zwar frisch geschliffen, aber als er zustach, traf er nicht die richtige Stelle. Die Frau griff zu, um zu führen, und nun erst drang es voll und ganz ein. Doch schon bald vermochte Fulang der Umklammerung nicht länger standzuhalten und trat mit gesenkter Waffe den Rückzug an. Lachend stand die Frau auf, Fulang dagegen fiel in einen tiefen Schlaf.

Inzwischen vermisste der Vater den Sohn, ging suchend über die Feldraine und fand ihn schließlich in einem Graben zwischen den Kohlfeldern, wo er nackt lag und fest schlief. Er packte ihn unter den Achseln und führte ihn nach Hause, wo er dann erst nach langer Zeit wieder zu sich kam.

Als es Nacht wurde, sah Fulang, wie die Frau die Bettvorhänge anhob und lächelnd zu ihm eintrat, wobei sie erklärte: „Du törichter Bursche hast versagt und mir dadurch die Stimmung verdorben. Jetzt wirst du die Fahnen entrollen und die Trommler postieren, und dann stellst du dich dem Frauenbataillon zu einem lang andauernden Nachtgefecht!"

Sie stieg zu ihm aufs Bett, kam unter die Decke gekrochen und vereinigte sich aufs Neue mit ihm. Fulang war zwar sehr ängstlich zumute, aber die Frau führte sich auf wie wild, kämpfte mit allen Mitteln und setzte ihm dermaßen zu, dass er mehrfache Verluste erlitt. Dann aber konnte er sich aus der Zange befreien und fliehen. Lachend bemerkte die Frau: „Wer bei so einem Übungsgefecht am Ende den Gegner fürchtet, ist ein lahmer Krieger." Und leise schlüpfte sie unter der Decke hervor und ging fort.

Am nächsten Abend kam sie wieder und brachte einen luststeigernden Leim[47] mit, den sie Fulang schlucken ließ. Anschließend erfolgten Sturmangriff, Umfassung und Einnahme günstiger Stellungen. Die ganze Nacht hindurch tobten erbitterte Kämpfe. Erfreut sagte die Frau: „Noch ist das Kind also gelehrig, wenn es nur jemanden hat, auf den es sich stützen kann, so dass es keine Angst zu haben braucht."

Fortan gab es keine ungestörte Nacht mehr, und Fulangs Körper wurde schwach, sein Gesicht verfiel. Von Tag zu Tag magerte er weiter zum Skelett ab, und nichts half, weder Talismane noch Beschwörungen, keine magischen Praktiken und keine exorzistischen Opfer.

Um diese Zeit wurde Fulangs ältere Schwester, die in der Stadt mit einem gewissen Li verheiratet war, vom dritten der Fünf Heiligen[48] besessen und geriet ebenfalls in akute Gefahr. Ihr Mann befahl einer kräftigen Frau, sie spät in der Nacht auf den Rücken zu nehmen und ins Haus ihres Vaters zu tragen, damit sie dem Spuk entginge. Als der Alte, der eben seines sterbenden Sohnes wegen in Sorge war, jetzt auch noch erleben musste, dass die Tochter gebracht wurde, regte er sich erst recht auf.

Um die erste Nachtwache[49] herum sah er dann jene Frau im Zimmer seines Sohnes verschwinden. Kurz darauf erschien auch der dritte Heilige, suchte nach der Tochter des Alten, schloss sie in die Arme und war im Begriff, sich an ihr zu vergehen. Da sah der Alte plötzlich, wie die Frau aus dem Zimmer seines Sohnes kam und wie der dritte Heilige in rasende Wut geriet, sie bei den Haaren packte und auf die Erde schleuderte, wobei er schrie: „Entlaufenes Weib! Länger als zehn Jahre suche ich dich schon, und du hurst hier schamlos herum!" Anschließend versetzte er ihr mehr als hundert Ohrfeigen. Auf der Erde liegend, weinte die Frau bitterlich.

Der dritte Heilige aber wandte seinen Blick der Tochter des Alten zu und sprach seufzend: „Ich habe viele von euch missbraucht. Mit der Unkeuschheit dieser Frau übt der Himmel Vergeltung an mir. Geh du bitte schnell heim, um die eheliche Liebe wiederherzustellen. Von heute an widme ich mich der Vernichtung böser Frauen. Ich ziehe mich in eine öde Berggegend zurück und erscheine auf keinen Fall mehr bei dir zu Hause."

Als er ausgeredet hatte, ging er fort und zog seine Frau mit sich. In beiden Familien hatte der Spuk ein Ende.

Worauf der Ruhm eines gefeierten Freudenmädchens sich gründet

Huang Zhupu aus Qi war ein Student der Kaiserlichen Hochschule. Als er in die Hauptstadt reiste, führte ihn der Weg in die Kreisstadt Wuqiao, wo sich ein Freund von ihm als Hausgast im Amtshaus aufhielt. Als er ihn besuchen ging, sagte der Freund: „Es gibt hier ein gefeiertes Freudenmädchen mit Namen Zhu Qingniang. Hast du sie schon gesehen?"

„Nein", antwortete Huang, und so gingen sie gemeinsam hin.

Als sie ankamen, zeigten sich ihnen getünchte Mauern und rote Tore, kein Flechtzaun aus Schilf und kein Schneckenhaus, wie man das sonst im Norden findet. Sofort war ein graubärtiger Sklave zur Stelle, der sie aufforderte, Platz zu nehmen. Nachdem er den Tee serviert hatte, kam noch eine Alte zu ihnen heraus, um ein paar belanglose Phrasen mit ihnen zu wechseln und sie dann in den Innenraum zu führen. Hier waren alle vier Wände mit kalligraphischen Widmungen bedeutender Meister beklebt, und an zentraler Stelle hing ein Bild mit dem Motiv „Die beiden Schwestern Qiao betrachten ein Strategielehrbuch".[50] Daneben stand ein mit schwarzem Lammfell bezogener Tisch mit Weihrauchbrenner und Pinselablage darauf. In einer Vase steckte ein Zweig mit roten Aprikosenblütenknospen.

Wenig später trat ein kleines Sklavenmädchen vor die Besucher hin, um zu berichten: „Frau Qingniang leidet an Katzenjammer. Sie ist aber bereits aufgestanden, macht sich eben am Fenster zurecht und bittet die werten Herren um ein wenig Geduld."

Erst lange Zeit später erschien ein anderes Sklavenmädchen mit der Meldung: „Frau Qingniang hat ihre Toilette beendet, musste sich aber wegen Frühjahrsmüdigkeit für ein Weilchen hinlegen. Sobald sie sich ein wenig ausgeruht hat, wird sie sich umkleiden und zu den Herren herauskommen."

Nach alledem hatte es den Anschein, als sei diese Qingniang sehr von sich eingenommen, aber Huang harrte geduldig aus, solange das Verlangen nach Schlaf unter Zierapfelblüten[51] nicht gestillt war, sollte er doch einer Schönheit ansichtig werden. Unverwandt hielt er den Blick auf den Türvorhang gerichtet.

Noch einmal musste viel Zeit vergehen, ehe endlich die Alte herauskam und den Türvorhang hochrollte. Von ihren beiden Sklavenmädchen gestützt, kam Qingniang gegangen, und Huang musterte sie begierig. Ihr Gesicht war fleckig gepudert, und das Lippenrot war unordentlich aufgetragen. Ihr übermäßig dicker Leib hatte die Ausmaße eines Vorratsbehälters von drei Dan Fassungsvermögen. Wie sie mit großen Schritten näher trat, ähnelte sie einem Getreidefrachter, der eine Schleuse passiert.

Huang war ganz entsetzt, schaute seinen Freund an und sagte: „Wenn so ein gefeiertes Freudenmädchen aussieht, müsste die von Zhangtai sterben vor Scham." Von diesen unbedachten Worten peinlich berührt, machte sich der Freund aus dem Staube. Qingniang aber genierte sich in keiner Weise und stellte Huang seelenruhig die Frage: „Was gilt ein gefeiertes Freudenmädchen im Vergleich zu einem anerkannten Gelehrten?"

„Sie ist ihm gleichrangig", erwiderte Huang.

„Wenn das so ist", sagte Qingniang, „warum sollte ich dann Scham empfinden, wenn man mich als gefeiertes Freudenmädchen bezeichnet? Der anerkannte Gelehrte schwingt seinen Schreibpinsel und tummelt sich auf dem Feld der Literatur. Dafür wird er im ganzen Land verehrt, so dass jedermann davon träumt, ihn zu sehen. Auch an ihm schätzt man die inneren Werte. Wenn ich – völlig unverdient – eitlen Ruhm genieße, dann nicht meiner Maske aus Schminke und Puder wegen, sondern meiner Leistungen im Bett wegen."

Mit vertraulichem Lächeln fragte Huang: „Was bezeichnet Ihr als Leistungen?"

„Da gibt es Öffnen und Schließen, Schnelligkeit und Langsamkeit, Zupacken und Loslassen", antwortete Qingniang. „Ist dies nicht das Geheimrezept anerkannter Gelehrten beim Schreiben? Warum also fragt Ihr?"

Nun war Huang hocherfreut und vereinigte sich mit ihr. Anschließend stellte er fest: „Die wahre Freude liegt wirklich in den warmen, weichen Gefilden. Nähme man der Xizi die Augenbrauen weg,[52] trennte man der Nebenfrau Pan die Füße ab[53] und schnitte man der Nüying den „Verborgenen Graben" heraus,[54] ohne dass Leben darin bliebe, wäre das nichts anderes, als wenn man eine Bildrolle mit zwölf schönen Mädchen darauf kaufte und jeden Tag zärtlich in die Arme nähme. Davon schmilzt einem die Seele nicht dahin."

In weniger als einem halben Monat hatte er dann sein Reisegeld eingebüßt und kehrte Hals über Kopf nach Hause zurück, ohne zur Palastprüfung gelangt zu sein. Als sein Freund dies erfuhr, sagte er seufzend: „Wer sich heutzutage selbstgefällig „Anerkannter Gelehrter" nennt, hat todsicher eine Scheintheorie parat, derer er sich bedient, um nach Ruhm und Ehre zu trachten. Wer hätte gedacht, dass es mit einem gefeierten Freudenmädchen genau dasselbe ist! Ohne sich dessen bewusst zu werden, ist Herr Huang auf ihren Trick hereingefallen. Demnach ist die Klugheit eines anerkannten Gelehrten geringer als die eines gefeierten Freudenmädchens. Welch ein Jammer!"

Ein ungewöhnliches Mädchen nimmt Rache für erlittenes Unrecht[55]

Xianniang war die Tochter einer Literatenfamilie in Xiayi. Sie beherrschte die Kunst, *Ci*-Gedichte[56] zu verfassen und im *Fu*-Stil[57] zu schreiben, und genauso verstand sie sich auf die Abfassung von Prüfungsaufsätzen. Jedes Mal, wenn sie ein neues Werk geschaffen hatte, falteten altverdiente Lehrer und hochgebildete Konfuzianer achtungsvoll die Hände vor der Brust und sagten lobend: „Wenn diese junge Gelehrte keine weibliche Frisur trüge, wäre ihr ein Posten in der Hanlin-Akademie sicher."

Als Xianniang siebzehn Jahre alt war, starben nacheinander ihr Vater und ihre Mutter, und nun lebte sie ganz allein. Nebenan stand das Sommerhaus des Studenten X, im Hof aber wuchs ein Magnolienbaum, der sich an die östliche Mauer lehnte. Am Morgen nach dem Aufstehen pflückte Xianniang Blüten von dem Baum, X sah sie von ferne und grüßte am Fuße der Mauer, indem er die zusammengelegten Hände lange auf und ab bewegte. Xianniang errötete und wollte sich zurückziehen, da sagte X: „Ich bin nicht Song Yu, wie würde ich es wagen, einfach auf die Mauer zu steigen![58] Nur weil ich ganz für mich ohne Lehrer studiere und gern ein Wang Yishao werden will,[59] möchte ich mit Euch als hervorragender Kalligraphin Bekanntschaft schließen." Und er gab ihr sein Übungsheft, damit sie seine Arbeiten korrigierte.

Xianniang zog sich damit in die inneren Gemächer zurück, sah die Texte durch und fand, dass sie von ungewöhnlichem Talent zeugten. Einige wenige Fehler, die beim Examen hinderlich gewesen wären, strich sie ohne weiteres durch. Als sie am nächsten Tag in einem Winkel an der Mauer Blumen brach, trug sie das Heft im Ärmel und gab es zurück.

X war ihr unendlich dankbar, und mit der Zeit verkehrten sie näher miteinander. Schließlich verfasste X, um Xianniang aus der Reserve zu locken, einen Aufsatz über das Thema „Wenn du über die Mauer des Nachbarn im Osten steigst und die Tochter des Hauses umarmst",[60] und Xianniang revanchierte sich mit einem Aufsatz zum Thema „Die Worte der Ehevermittlerin".[61] X lachte darüber und sagte: „Das nennt man ‚beschleunigten Pulsschlag mit hemmender Moxibustion behandeln', das Thema ist völlig verfehlt."

Darauf erwiderte Xianniang: „Ich fürchte, wer am Anfang zu leichtfertig schreibt, der wird am Schluss in Schwierigkeiten geraten."

X hörte heraus, dass ihm diese Worte eine Möglichkeit eröffneten, kletterte auf die Mauer, stieg hinüber, fasste Xianniang rasch am Arm und versprach: „Ich will dir Tag für Tag als meiner Lehrerin dienen. Warum willst du mich nicht in deine Schule aufnehmen?"

Xianniang leistete schwachen Widerstand und sagte dabei: „Gebildeten Menschen macht es nicht viel aus, gegen ihr Gewissen zu handeln. Wirst du auch nicht eines Tages deiner Lehrerin in den Rücken fallen, so wie Pang Meng den Schützen Yi umgebracht hat?"[62]

Als X ihr daraufhin einen Schwur bei Bergen und Flüssen leistete und einen Eid bei Sonne und Mond ablegte, traf sich Xianniang mit ihm – morgens an der Mauer und abends im Zimmer. Nachdem fast ein halbes Jahr vergangen war, drängte sie auf Verlobung. X sagte zwar zu, zögerte aber die Sache immer weiter hinaus, anstatt sein Versprechen zu halten, und kam schließlich mit einer anderen Familie über seine Eheschließung überein. Xianniang erfuhr davon erst an seinem Hochzeitsabend. Sie stand an der Mauer und hoffte, X werde sich von ihr verabschieden kommen. Er aber baute am neuen Nest für das Phönixpärchen und dachte nicht mehr an die ungebundenen Zusammenkünfte des Mandarinentenpaars. Aufs Äußerste empört, machte Xianniang die Tür hinter sich zu und erhängte sich. Als X davon hörte, stieß er einen traurigen Seufzer aus, und das war alles.

Als er später zur Staatsprüfung auf Provinzebene gereist war und eben das leere Heft in der Hand hielt und über das Prüfungsthema nachgrübelte, sah er plötzlich Xianniang leichtfüßig hereinkommen. Er fürchtete, jetzt werde sie sich an ihm rächen, und zitterte an allen Gliedern. Aber Xianniang machte durchaus kein böses Gesicht. Im Gegenteil, sie legte ihm das Schreibpapier zurecht, rieb die Tusche an, sagte ihm, er solle sich ganz auf den Aufsatz konzentrieren, und erklärte ihm noch das Prüfungsthema, ehe sie wieder verschwand. Aus der Prüfung ging X als Magister hervor.

Als er sich anschließend der vom Ministerium der Riten veranstalteten Prüfung[63] stellte, erschien Xianniang von neuem, um ihm das Schreibpapier zurechtzulegen und die Tusche anzureiben, ganz wie zuvor bei der Prüfung auf Provinzebene. Unpassende Wörter und Sätze in seinem Heft korrigierte sie ihm. Auch nach dieser Prüfung konnte er einen Sieg verkünden.

Bei der Palastprüfung gelangte er in die zweitbeste Gruppe und bekam einen Posten im Ministerium der Finanzen übertragen. Da fand sich Xianniang ein weiteres Mal ein und sagte: „Man hat dich als Beamter in der Hauptstadt eingesetzt, und du bekommst nur ein kleines Gehalt, wie sollst du dir davon die Taschen füllen?! Willst du nicht versuchen, dir einen Posten in der Provinz zu verschaffen? Mit zweitausend Dan[64] im Monat kann man schon etwas anfangen."

X nickte dazu, und in weniger als zwei Jahren wurde er als Präfekt in die Provinz versetzt. Nun war X von Hause aus ein Hungerleider. Als er jetzt mit einem Mal eine Präfektur unter sich hatte, schröpfte er das einfache Volk und stopfte sich die Taschen voll. Binnen kurzem ging er bis zur Unterschlagung öffentlicher Gelder und zur Rechtsbeugung. Aber die Sache flog auf, der Kaiser erfuhr davon und verurteilte ihn zum Tode.

Am Vorabend der öffentlichen Hinrichtung erblickte er undeutlich Xianniang, die mit einem gestickten Tuch um den Hals und mit offenem Haar näher kam und zu ihm sprach: „Jahrelang war ich mit Schmach bedeckt, jetzt erst kann ich mich endlich davon reinwaschen. Ich habe dir dabei geholfen, dass du dir einen Namen machst, weil ein Gelehrter im stillen Kämmerlein völlig in seinen Büchern aufgeht und keine Gelegenheit hat, sich die Todesstrafe zu verdienen. Deshalb war es mein fester Wille, dass du die Beamtenlaufbahn einschlägst und öffentlich die ganze Härte des Gesetzes zu spüren bekommst. Hoch hängt der Spiegel, der die Sünden sichtbar macht, die Stunde der Offenbarung ist nah."[65] Und fröhlich lachend ging sie fort.

Ein Traum im Traum

Der Magister Zeng wollte an der hauptstädtischen Prüfung teilnehmen. Also befahl er einem alten Diener, ihn zu begleiten, schnürte sein Bündel und reiste nach Norden. Zur Nacht suchte er Zuflucht in einem Tempel des Weisen. Weil es schon dunkel wurde, sattelte er nur das Pferd ab und legte sich gleich schlafen. Als er gelegentlich einmal vor das Tor ging, sah er dort ein von Trauerweiden gesäumtes Ufer, von dem sich eine lange rote Holzbrücke über das Frühlingswasser spannte. In ein paar Dutzend blühender Aprikosenbäume pfiffen Eisvögel.

Zeng trat auf die Brücke und wanderte ans andere Ufer hinüber, wo er ein offenstehendes kreisrundes Tor erblickte, das in den Garten eines Anwesens führte. Mit langsamen Schritten ging er hinein. Von fern zeigten sich verzierte Fenster, hier und da standen schmucke Gebäude. Den Biegungen eines Wandelganges folgend, gelangte Zeng direkt in ein Schlafgemach, wo zwischen mehrfachen Perlenvorhängen, die mit roten Jadehaken gerafft waren, hinter einem Kristallwandschirm verborgen, ein Bett aus Korallen stand. Der rotorange Bettvorhang war noch nicht herabgelassen, die Kopfstütze aus Horn und die brokatene Zudecke verströmten den Duft von Moschus und Orchidee. Linker Hand stand ein Frisiertisch mit einem geöffneten Spiegelkästchen darauf, und auch die Puderschachtel war nicht ganz geschlossen. Von den grünlich blühenden Pfirsichzweigen, die in einer gallenblasenförmigen Vase steckten, waren Blütenblätter neben das Döschen mit Schminke gefallen.

Als Zeng hörte, dass der leise Klang von Phönixkopfschmuck näher kam, suchte er erschrocken zwischen den doppelten Vorhängen Zuflucht. Doch als er dann hinschaute, erkannte er, dass seine eigene Frau hereingekommen war. Er fragte, wie sie hierher käme, und lächelnd erwiderte sie: „Dies ist doch das Sommerhaus, das du neu gekauft hast. Wie kannst du so vergesslich sein?"

Zeng versuchte nicht, sich zu erinnern, nahm mit seiner Frau zusammen Platz und begann ein neckendes Gespräch, als plötzlich der Lärm rasch sich nähernder Pferde von draußen hereindrang. Er erhob sich, um nachzufragen, und da erwies es sich, dass man ihn als Prüfungsbesten bei der Palastprüfung zum Bankett im Aprikosengarten[66] abholen kam. Sofort schwang er sich in den Sattel und folgte den Boten im Trab. Zehn Li unter blühenden Bäumen entlang und durch wirbelnden Staub hindurch, an unzähligen reichverzierten Häusern vorbei führte der Weg. Der Peitschenstiel war mit Gold überzogen, das Zaumzeug mit Jade geschmückt, der Anblick erfüllte Zeng mit Stolz.

Als er vom Bankett zurückkam, wartete seine Frau am Tor auf ihn. Weihrauch schwelte, und Kerzen brannten, und als sie einander daran erinnerten, wie er ehedem am kalten Fenster bis tief in die Nacht hinein studiert hatte, strahlten beider Gesichter vor Freude. Dann gingen sie zu Bett, und Zeng überlegte still für sich, dass seine Frau schon etwas ältlich war. Sollte er nicht jetzt, da er reich und vornehm war, eine Anzahl schöner Frauen erwerben, um seinen Harem zu füllen? Und kaum dass er den Kopf auf die Nackenstütze legte, ließ sich ein Besucher bei ihm melden und eröffnete ihm, er gehöre der reichen Familie X an, und um mit ihm als dem kommenden Mann Kontakt aufzunehmen, habe er zehn Hu Perlen aufgewendet und davon vier schöne Mädchen gekauft, die er ihm als Nebenfrauen zur Verfügung stelle.

Hocherfreut befahl Zeng sogleich, sie sollten hereingerufen werden. Es dauerte nicht lange, da standen alle vier mit weiß gepuderten Gesichtern und blauschwarz gefärbten Brauen dienstfertig vor ihm, die eine schmächtig wie Feiyan, eine andere füllig wie Yuhuan,[67] und eine wie die andere bildschön. Zeng, der die Eifersucht seiner Frau fürchtete, führte die Mädchen in ein Nebengehöft und bat sie dort um ihre Namen. Die Füllige hieß Juanjuan („die Schöne"), die Zarte nannte sich Chuchu („die Schmucke"), die mit den leuchtenden Augen und den entzückenden Grübchen stellte sich als Qiantao („lieblicher Pfirsichbaum") vor, und die, deren Haar an den Schläfen in langen Strähnen herabhing, wurde Chunliu („Weidenbaum im Frühling") gerufen.

Zeng ordnete an, Juanjuan solle das Bettpolster ausbreiten, Chuchu musste die Decke holen, Qiantao ließ er die bestickten Kissen verteilen, und Chunliu erhielt den Auftrag, ihn von Kopfbedeckung und Kleidern zu befreien. Dann verschwand er als Erster nackt hinter den Bettvorhängen und wandte den Kopf, um zuzuschauen, wie die Mädchen sich auszogen. Sie legten die Florjäckchen ab, schälten sich aus den bestickten Röcken, streiften die Rabenkopfstrümpfe[68] ab und die Freudenschuhe,[69] lösten die rot verschnürten Haarknoten und stiegen endlich aus den rosa Hosen. Schneeweiß war ihr Fleisch, puderbleich ihre Haut, und jede war bemüht, vor den anderen im Bett zu sein.

Kurz darauf hielt Zeng eine Parfümierte im linken Arm und eine Geschminkte im rechten. Kreuz und quer lagen die Jadeleiber, und acht duftige Lotosblütenblätter[70] reckten sich wetteifernd in die Höhe. Von seinen Gefühlen hin und her gerissen, wusste Zeng nicht, wem er sich zuwenden sollte.

Da rief seine Frau ihn plötzlich von hinten laut an. Jäh aus seinem Frühlingstraum erwacht, schalt er ärgerlich: „Musst du so lärmen? Lass mich noch ein bisschen! Im Traum war ich längst im Land der Wonne."

Jetzt machte seine Frau ihrerseits ihm Vorhaltungen, und wütend sagte er: „Als ich vormals noch arm und unbedeutend war, hast du mich auf Schritt und Tritt gegängelt. Aber jetzt bin ich glücklicherweise reich und vornehm, und im Hause Han gelten die eigenen Regeln.[71] Meinst du, ich ließe mich immer noch mit dem Charme einer aufgeputzten Tigerin lenken?"

Seine Frau zog sich an und stand auf. Mit dem Gesicht zur Wand, sagte sie unter Tränen: „Du Schuft! Weißt du noch, wie du deine Stellung als Lehrer verloren hattest, so dass wir zu Abend nicht einmal eine Portion einfache Reissuppe hatten, und wie du mir dann den Haarpfeil aus der Frisur gezogen hast, um ihn zu versetzen, damit du ein Dou Reis kaufen konntest? Nachdem jetzt auf einmal deine Vorsätze verwirklicht sind, siehst du mich nur noch scheel an. Wo ist deine Liebe vom Hochzeitstag geblieben?"

Als Zeng in der Hochstimmung seiner frisch errungenen Vornehmheit hören musste, wie seine Frau jenen Makel aus früheren Tagen auskramte, war er erst recht empört und wollte nicht zurückstecken. Er schlug auf die Nackenstütze und schrie: „Dann will ich mal sehen, was für ein Gesicht du machst, wenn dir vom Kaiser der Ehrentitel einer Beamtengattin verliehen wird!"

Hier hörte er plötzlich, wie dicht neben seinem Ohr jemand mit lachender Stimme fragte: „Habt Ihr einen Alptraum, Herr?"

Er drehte sich herum, um zu schauen, und erblickte einen alten Diener, der, zur Lampe gewandt, seine Jacke aufgeknöpft hatte, um Flöhe zu fangen.

Als Zeng sich nach einiger Zeit gesammelt hatte, brach er mit der Bettdecke in den Armen in lautes Lachen aus. Das Bild des Dieners aber verschwamm schließlich.

Im Höllenbordell

Yang Shilun aus Henan war der Sohn einer altehrwürdigen Familie. Schon als Kind hatte man ihn mit einer Kusine mütterlicherseits verlobt. Weil es sich so traf, dass der Onkel eine Präfektur in Jiangnan übertragen bekommen hatte, befahl Yangs Mutter dem Sohn, dorthin zu reisen, um das Mädchen zu heiraten. Unterwegs wurde er krank, und während er in der Herberge auf dem Krankenbett lag, erblickte er verschwommen mehrere Höllenboten, die mit einem Haftbefehl kamen, um ihn zu holen.

Nachdem sie in der Unterwelt angekommen waren, ergab das Verhör durch den Höllenkönig, dass Heimatort und Name nicht stimmten. Daraufhin herrschte der Höllenkönig seine Boten an: „Mein Befehl lautete, Wang Shilun aus Hunan festzunehmen. Warum habt ihr an seiner Statt einen falschen gebracht?" Er ließ ihnen eine derbe Tracht Prügel verabreichen und befahl, Yang solle in die Menschenwelt zurückkehren.

Als Yang eben aus dem Palast trat, begegnete ihm sein verstorbener Freund Yin Zhongqi und erkundigte sich, warum er hier sei. Yang erzählte ihm alles, und daraufhin sagte Yin: „Ich diene neuerdings als Protokollant im Palast des Prinzen von Chujiang[72] und habe heute glücklicherweise ein wenig Muße. Da ich fürchte, du wirst den Rückweg nicht kennen, will ich dich begleiten."

Darüber war Yang sehr froh, und sie machten sich zusammen auf den Weg. Nach etwa drei Li erblickte Yang schmucke Häuser mit verzierten Fenstern, dicht aneinandergereiht wie Fischschuppen. Vor den Türen standen geschminkte Frauen in Grüppchen beieinander und suchten sich beim Anblick der Fremden nicht scheu zu verbergen. Als Yang seine Verwunderung darüber äußerte, verriet ihm Yin: „Dies ist das Höllenbordell." Und als Yang fragte, wer die Frauen seien, erklärte Yin: „Beamte, die sich der Habgier und der Grausamkeit schuldig machen, werden, wenn das herauskommt, nach dem geltenden Recht bestraft. Doch wenn etwa einige wenige durch die Maschen des Gesetzes schlüpfen, werden ihre jungen Frauen oder ihre geliebten Töchter hier im Jenseits ins Bordell gesteckt, um für jene Sünden zu büßen. Was hier an der Tür steht und sich feilbietet, sind alles vornehme Schönheiten aus gutem Hause."

Während Yang noch mitfühlend seufzte, trat aus einer Tür zur Linken eine alte Frau heraus, die mit Yin bekannt sein musste, denn sie sprach ihn lächelnd an: „Ihr habt Euch schon lange nicht mehr herabgelassen, zu uns zu kommen, edler Herr! Wollt Ihr jetzt wieder vorbeigehen, ohne einzukehren, nachdem ein günstiger Wind Euch hergeweht hat?"

Mit diesen Worten packte sie Yin am Ärmel, so dass ihm gar nichts anderes übrig blieb, als mit Yang im Schlepptau ins Haus zu treten. Sofort erschienen zwei dümmlich lächelnde Weißgeschminkte, die, einander ins Wort fallend, Konversation machten. Yang erkundigte sich nach ihren Namen, und Yin stellte die eine als Cuijuan, die andere als Sainu vor. Beide zählten zu den Schönsten ihrer Zunft.

Bald darauf kam die Alte mit Wein und Speisen, und die vier setzten sich in bunter Runde zu Tisch. Als die Weinbecher dreimal geleert waren, verlangte Yin, Cuijuan solle etwas singen, um die Stimmung zu heben. Cuijuan gab die Aufforderung an Sainu weiter, aber die machte ein böses Gesicht. Nachdem Cuijuan sie mehrmals gedrängt hatte, sagte sie schließlich: „Willst du, auf deinen Vater gestützt, der ein Kreispolizeichef ist, mich, die Tochter eines Kreisgefängnisdirektors, unter Druck setzen?[73] Befehlsgewalt gibt es wohl in der Menschenwelt, aber hier in der Unterwelt gelten nur die Anstandsregeln zwischen älterer und jüngerer Schwester, und du kannst nicht nach Belieben herumkommandieren und andere dadurch in Verlegenheit bringen."

Cuijuan wurde rot, dann schlug sie notgedrungen mit der Hand den Takt und sang ein Lied nach der Melodie „Der Traum von Yangtai".[74] „Du singst nicht im Takt, das ist ja nicht auszuhalten", wurde sie von Sainu bekrittelt.

Cuijuan schaute sie mit zorniger Miene an und entgegnete: „Ich komme aus einer berühmten Familie und bin das nicht gewohnt. Mein Vater ist im Unterschied zu deinem kein ehemaliger Jujubenhändler[75] aus Shandong, der sich eine Flügelkappe[76] gekauft und nach Dienstschluss seiner Tochter immer mit schallender Stimme Gassenhauer vorgesungen hat." Damit war Sainu der Mund gestopft, und mit einer wegwerfenden Geste wollte sie aufstehen. Ein um das andere Mal mussten Yin und Yang zwischen den beiden schlichten, ehe sie sich endlich brav wieder hinsetzten.

Dann war plötzlich von draußen großer Lärm zu hören. Auf Befehl des Höllenkönigs brachten seine Botengeister ein Mädchen neu ins Bordell. Ihre Frisur war aufgelöst, sie weinte mitleiderregend und hatte die Gewalt über ihre jadegleichen Gesichtszüge verloren. Yang erhob sich rasch von seinem Sitz, um sie zu mustern, und erkannte in ihr seine Kusine, mit der er verlobt war. Zutiefst erschrocken, fragte er, was ihr zugestoßen sei, und sie berichtete: „Mein Vater wurde beschuldigt, sich achthundert Liang

Silber angeeignet und jemandes guten Namen beschmutzt zu haben. Zur Strafe wurde ich hierher gebracht und soll den Fehlbetrag erarbeiten. Du musst mir, wenn du hier Ehrengast bist, aus der Patsche helfen."

Yang beriet sich mit Yin, und dieser sagte: „In der Unterwelt ist es nicht so wie in der Menschenwelt. Mit Bestechung ist hier nichts zu erreichen. Was also stünde in meiner Macht?"

Yang dachte angestrengt nach, aber es fiel ihm nichts ein, und vor Verzweiflung wäre er am liebsten gestorben. Da wurde von draußen gemeldet, der dritte junge Herr aus dem Palast der Finsternis sei gekommen. Während die Alte ihm höflich entgegenging und ihn hereinführte, zogen Yin und Yang sich zurück. Lachend sagte der junge Herr: „Wie ich höre, hast du einen Neuzugang bekommen. Also habe ich als Belohnung ein paar Stücke Brokat und eine wippende Haarnadel aus Gold und Perlen vorbereitet und möchte mich mit der Neuen zusammentun."

Die Alte bedankte sich wieder und wieder und befahl dem Mädchen, ins innere Zimmer zu gehen und sich zurechtzumachen. Das Mädchen bekam in seiner Not kein Wort über die Lippen, warf sich auf die Erde und weinte bitterlich. Bei diesem Anblick loderten die Flammen der Empörung in Yangs Herz, aber er wusste sich keinen Rat, und so flehte er Yin an, vermittelnd einzugreifen. Yin bat die Alte ins innere Seitengemach und eröffnete ihr, worum es ging. Die Alte verzog höchst unwillig das Gesicht, und erst als Yin sie mit reichlich Gold verlockte, heiterten ihre Züge sich auf. Sie ging wieder hinüber und flüsterte mit dem jungen Herrn. Was sie sagte, war nicht zu verstehen, aber der junge Herr ging ärgerlich fort.

Jetzt drängte Yin, auch Yang solle sich auf den Weg machen, aber Yang entgegnete: „Wie soll ich es angesichts des großen Unglücks meiner Verlobten und der Schmach,

die man ihr angetan hat, fertigbringen, in die Menschenwelt zurückzukehren?" Auch dem Mädchen liefen die
Tränen über die Wangen.

Da sagte Yin: „Wärst du nicht in die Unterwelt gekommen, hättet ihr euch nicht wiedergesehen. Die Gefahr,
in die deine Verlobte hier geraten ist, muss himmlische
Fügung sein. Und so nehmt bitte das Freudenhaus als
Brautgemach."

Er befahl, man solle das östliche Gartenhaus ausfegen,
und ließ das Mädchen dort mit Yang die Nacht verbringen, während er selbst sich im westlichen Gartenhaus mit
Cuijuan und Sainu zusammen ins Bett legte.

Yang ging dann früh und spät im Vergnügen auf und
vergaß darüber beinahe, dass er sich im Totenreich befand.
Bis eines Tages ein schwarzgekleideter Beamter mit einem
Schreiben erschien, das besagte, der Präfekt X spende achthundert Liang Silber, um eine Freischule einzurichten, in
der die Sechs Klassiker gelehrt werden sollten, der Höllenkönig habe den vom Stadtgott[77] eingereichten Bericht gebil-
ligt und befehle dem Mädchen, in die Menschenwelt zurückzukehren.

Also wurde das Mädchen in einen grob gezimmerten
Karren gesetzt, und dieser fuhr eilig davon. Yin hob die
zusammengelegten Hände vor Yang zum Gruß, beglück-
wünschte ihn und sagte: „Nachdem deine Frau fort ist,
solltest du ihr folgen!" Dann nahm er Abschied von der
Alten und begleitete Yang noch dreißig oder vierzig Li
weit. Kurz vor der Herberge machte er kehrt.

Yang fühlte sich benommen, als sei er aus einem Traum
erwacht. Nachdem er sich noch zehn Tage erholt hatte,
schnürte er sein Bündel und begab sich zu seinem Onkel
an dessen Amtssitz. Ganz genau erkundigte er sich wegen
der Freischule. „Die Absicht hatte ich", bestätigte der On-

kel, „verwirklicht habe ich sie noch nicht. Aber woher weißt du davon?"

Yang berichtete alles, was ihm widerfahren war, und sein Onkel erschrak gewaltig. Anderntags ließ er einen glückverheißenden Termin auswählen, um das Heiratsritual zu vollziehen. In der Hochzeitsnacht kam Yang im Scherz auf das Erlebte zu sprechen, doch seine Braut weigerte sich beharrlich, dergleichen einzugestehen. „Es war ein böser Traum, in dem dir das begegnet ist", versicherte sie. „Wie könnte mir so etwas passiert sein!" Verwirrt ließ Yang die Sache auf sich beruhen und suchte am Grotteneingang nach Frühlingsspuren, aber kein tropfendes Rot färbte das Bettpolster.

Ein lesender Hund

In meiner Kindheit hatte ich einen kleinen Hund namens Jinbao („Geschenkter Schatz"). Als ich dann die Familienschule besuchte, nahm ich ihn selbstverständlich auf dem Arm dorthin mit. Der Zufall wollte, dass ich ihn einmal auf den Tisch setzte und er sah, wie ich in einem Buch las. Er ließ kein Auge von mir, dachte angestrengt nach und hatte, wie es schien, begriffen. Verwundert schrieb ich die Schriftzeichen „Jinbao darf nicht in die Schule" auf ein Blatt Papier und heftete es an den Rand meines Sitzes. Der Hund sah es lange prüfend an, dann ließ er den Kopf hängen und trottete niedergeschlagen hinaus. Während mehrerer Tage wagte er die Schule nicht zu betreten und kam erst wieder, als ich ihn rief. Noch stärker verwundert, gab ich ihm den Ehrennamen Hui'er („Schlaukopf"). Da wedelte er mit dem Schwanz und sprang an mir hoch, als ob er sich bedanken wollte –

ganz wie ein namhafter Gelehrter, der sich gern bei seinem Ehrennamen nennen lässt.

Seitdem der Hund lesen konnte, war er sehr auf seine Würde bedacht. Beim Fressen war er wählerisch im Geschirr, beim Schlafen wählerisch im Platz. Wenn er gelegentlich mit durch die Geschäftsstraßen spazierengehen gehen durfte, war er nicht aus der Ruhe zu bringen und ließ sich nicht auf Geselligkeit mit gewöhnlichen Hunden ein. Schob man ihm mit dem Fuß Suppenreste oder Fleischabfälle hin, machte er ein böses Gesicht und ließ dieses Futter unbeachtet.

Als der Magister Zhou aus unserem Viertel von dem Hund erfuhr, staunte er und gab mir eine Hündin dazu. Aber mein Hund fraß und schlief bis an sein Lebensende nie mit ihr zusammen. Er hatte auch keine andere Vorliebe, als für mich die Bücher in der Stellage zu hüten. Als ich später meinen inzwischen verstorbenen Großvater an seinen Dienstort Huaidian begleitete, ließ ich den Hund zu Hause. Wenn manchmal ein alter Diener heimgeschickt wurde, packte ihn der Hund todsicher am Gewand, als ob er sich nach mir erkundigen wollte. Und erst wenn ihm der Diener meinen Brief vorzeigte, in dem stand, mit mir sei alles in Ordnung, sprang er fröhlich umher.

An die zwanzig Jahre später erfuhr ich, der Hund sei plötzlich verrückt geworden. Sehe er jemanden in schäbiger Garderobe, laufe er ihm freudig entgegen und tolle sinnlos hin und her, treffe er dagegen jemanden in farbenfrohen, prächtigen Kleidern, kläffe er wie wild. Daraufhin sagte ich mit einem Seufzer: „Die Häufung von Merkwürdigkeiten führt zur Manie. Mit außergewöhnlichen Menschen ist es ähnlich. Aber wer dem eigentlichen Wesen entgegengesetzt veranlagt ist, zieht dadurch, fürchte ich, Unheil auf sich."

Weniger als ein halbes Jahr später wurde der Hund vom Sohn unserer Nachbarn im Osten mit Hilfe eines

Bogens aus Bambus erst gefüttert und dann getötet. Weil ich es war, der ihn gehalten hatte, begrub ihn das Gesinde unter einem Maulbeerbaum. Auf einer Steinplatte wurde vermerkt: „Der lesende Hund". Später erfuhr ich, die Hündin habe von früh bis spät geheult und gewinselt und sei ebenfalls umgekommen, indem sie sich an einer Mauer den Kopf eingerannt habe. Dies quittierte ich aufseufzend mit dem Zitat: „Zu Lebzeiten in getrennten Räumen, im Tod in gemeinsamer Grabhöhle."[78]

War es von Seiten der Hündin ein Ausdruck von moralischer Standhaftigkeit angesichts ihres Kummers, oder war es ihre Erwiderung auf die stolze Zurückhaltung ihres lesenden Artgenossen? Ich ordnete brieflich an, man solle die Hündin an seiner Seite begraben, um zu vollenden, was sie beabsichtigt hatte.

Der Geist einer toten Frau führt den Haushalt

Ein gewisser Lu aus Lanxi verlor in mittlerem Alter beide Eltern. Mit seiner Frau, einer geborenen Leng, war er in inniger Liebe verbunden. Sie hatte ihm einen Sohn und eine Tochter geboren, doch kaum dass die Kinder den Windeln entwachsen waren, wurde sie von einer ansteckenden Krankheit dahingerafft.

In zweiter Ehe nahm Lu ein Fräulein Ouyang zur Frau. Sie war schön, aber heftig. Seine beiden Kinder behandelte sie außerordentlich hart. Sobald sie sich zu rühren wagten, schalt die Stiefmutter sie, und kaum dass die Stiefmutter ein wenig ärgerlich war, ließ sie die Kinder nach Lust und Laune die Peitsche spüren. Als Lu deswegen eine zornige Miene andeutete, schimpfte sie gleich wie ein Rohrspatz und gab tagelang von früh bis spät keine Ruhe.

Lu, der das nicht aushalten konnte, ging ärgerlich fort. Als es zu regnen begann, schlüpfte er in eine bewaldete Senke und stürzte hier beim Auftreten in eine Grube. Dabei war ihm, als sei er auf jemandes Dachfirst gefallen. Er hörte, wie eine Stimme rief: „Ein Einbrecher!" Und schon wurde er gefesselt und hinuntergezogen. Als er den Mann ansah, entdeckte er, dass es Miao Yi, der verstorbene Diener seines Vaters, war, der jetzt sagte: „Ich frage mich, wer da kommt, und nun seid Ihr es, junger Herr!" Er löste Lus Fesseln und ging ins Haus, um Bericht zu erstatten. Bald darauf traten Lus Eltern aus der Tür, umarmten den Sohn und weinten dabei bitterlich.

„Es ist ein seltenes Ereignis, dass du hierhergekommen bist, mein Sohn",[79] sagte der Vater. „Da wollen wir uns einen halben Tag lang zusammensetzen!" Er führte den Sohn ins Zimmer, und dort saß Frau Leng beim Fenster und stickte an einem Schuh. Lu ging ohne zu zögern auf sie zu, ergriff ihr zartes Handgelenk und wollte ihr eben seinen Kummer klagen, als sie sich von ihm losmachte und im Weggehen sagte: „Was für ein scheußlicher Kerl, der hier wie ein Wilder einzudringen wagt!"

Lu starrte sie verständnislos an, da fragte ihn seine Mutter: „Hast du dich wiederverheiratet?"

„Ja", sagte Lu, und seine Mutter erklärte ihm: „Ein Mann, der eine zweite Frau nimmt, hat kein Gefühl mehr für die erste, deshalb erkennt sie dich nicht mehr." Und sie ging in den Innenraum, wo sie der Schwiegertochter etwas ins Ohr flüsterte. Diese begann zu weinen, als sei ihr plötzlich ein Licht aufgegangen, und fragte dann immer wieder, wie es zu Hause stehe.

„Auf den Feldern und im Garten ist glücklicherweise alles in Ordnung", berichtete Lu. „Unsere Kinder jedoch erdulden täglich bitteres Leid. Was soll ich nur machen?" Seine Frau wandte sich ab und weinte, und auch Lu fing unwillkürlich laut zu schluchzen an.

„Da hattest du nun schon einen Sohn, und doch hast du dir – anstatt an dieses Phönixküken zu denken – eine Eule gesucht, die das Nest zerstören und sich das Junge schnappen wird"[80], hielt ihm sein Vater vor. „Damit hast du das Unheil selbst heraufbeschworen, was also soll jetzt die Reue?"

„Er verdient wirklich kein Mitleid", bestätigte die Mutter. „An den Fortbestand der Sippe hätte er denken müssen."

„Der Erhalt unserer Nachkommenschaft liegt bei dir, mein tüchtiges und tugendhaftes Weib", sagte Vater Lu.

„Aber seine Neue ist schon lange ins Totenregister eingetragen", sagte Lus Mutter. „Wie also könnte ich unserm Sohn helfen?"

„Ich werde diese schlechte Frau hierher holen und du wirst ihr von früh bis spät einige Lehren erteilen", beschied sie Vater Lu. „Unserm Sohn aber geben wir seine neue Frau mit, damit sie ihm nach Kräften behilflich ist, den Haushalt zu führen. Wenn unsere Enkelkinder einmal verheiratet sind, wird sie wiederkommen."

„Wie kann plötzlich von Trennung die Rede sein, nachdem ich Tag für Tag bei euch war?", sagte Frau Leng widerstrebend.

Auch Lus Mutter war sehr betrübt, doch Vater Lu erläuterte: „Hergekommen bist du als gehorsame Schwiegertochter, und fortgehen wirst du als liebende Mutter. Somit ist beiden Pflichten Genüge getan. Warum also sträubst du dich?" Er ließ Sohn und Schwiegertochter vors Haus treten, dort wurde eine Leiter an die Wand gelehnt, und die beiden stiegen Stufe für Stufe hinauf. Als sie dann in die Grube zurückschauten, glaubten sie, Lus Eltern immer noch erkennen zu können, wie sie unter der Ecke des Dachvorsprungs die Hälse reckten, um ihnen nachzusehen.

Jetzt hatte Lu keine andere Wahl, als seine Frau bei der Hand zu nehmen und den Weg nach Hause zu suchen. Kaum dass sie dort am Tor angelangt waren, eilte Frau Leng als Erste hinein. Dann erblickte Lu seinen Sohn und seine Tochter, die auf ihn zugestürzt kamen und sich gar nicht schnell genug beklagen konnten: „Nachdem Ihr fortgegangen wart, Vater, hat uns die Schwiegermutter mit einer Eisenstange geschlagen ..." Noch ehe sie zu Ende gesprochen hatten, machten sie plötzlich gequälte Gesichter, ließen sich auf die Erde fallen und lagen stocksteif. Gemessenen Schrittes trat Frau Ouyang heraus, und die Kinder fingen an zu zittern. Eines heftiger als das andere zupften sie ihren Vater am Gewand und schienen sich furchtsam verstecken zu wollen.

Frau Ouyang trat zu ihnen, streichelte die Kinder wieder und wieder und sagte schluchzend: „Es ist keine drei Jahre her, dass ich euch verlassen habe. Ich hätte nicht gedacht, dass ihr so abgemagert seid."

Die Stimme war ganz die von Frau Leng, und Lu sagte fröhlich zu seinen Kindern: „Habt keine Angst! Es ist eure richtige Mutter."

Strahlend blickten die Kinder sie an, und die Mutter fragte die Tochter: „Hatte ich nicht damals Gold aus meiner Schatulle genommen, um einen Armreifen für dich fertigen zu lassen? Wo ist er jetzt?"

„Der ist zu dem Haarpfeil umgearbeitet worden, der in Eurem Haarknoten steckt, Mutter", antwortete die Tochter.

„Was soll ich damit?" sagte die Mutter, zog den Haarpfeil aus ihrer Frisur und steckte der Tochter damit die Haare auf. Dann erkundigte sie sich beim Sohn: „Für dich hatte ich seinerzeit ein Stück Seide von drei Chi Länge mit einem Phönix zwischen hunderterlei Blumen bestickt, damit du es als Gürtel trägst. Warum hast du ihn nicht umgebunden?"

„Daraus hat der Vater ein Paar Beinlinge für die Mutter nähen lassen", gab der Sohn Auskunft.

„Wenn ein törichter Mann nach dem Tod seiner Frau eine andere liebt, ist es kein Wunder, dass die Kinder Qualen erdulden müssen", hielt Frau Leng ihrem Mann vor, und dieser bat mit gesenktem Kopf um Verzeihung.

Als sie Hand in Hand ins Haus traten, entdeckte Frau Leng, dass Arzneiöfchen, Teeherd und Schminkspiegel nicht mehr am alten Platz standen, und empört sagte sie: „Es ist wahrlich schmerzhaft, dass du dich in allem und jedem nach deiner Neuen gerichtet hast, kaum dass ich tot war."

Als sie dann das Vorhängeschloss abnahm und die Truhe öffnete, stellte sie fest, dass sich Hemden in grellem Aprikosengelb und Hosen aus schreiend violettem Seidenkrepp darin stapelten, während von den Kleidern, die sie vormals getragen hatte, nichts mehr da war. Als sie ihrem Mann deswegen Vorwürfe machte, sagte er: „Die neuen Sachen passen dir doch, also denk nicht mehr an die alten!"

„Die Worte eines Mannes verraten, was er im Herzen empfindet", bemerkte Frau Leng dazu, und Lu, der es bereute, sich so verplappert zu haben, machte die verschiedensten Ausflüchte.

Ans Fenster gelehnt, schaute Frau Leng aufmerksam hinaus, dann verlangte sie zu wissen: „Wohin hast du den Zierpfirsich mit den gefüllten Blüten umgepflanzt, den wir damals gesetzt hatten?"

„Weil du nicht mehr da warst, hat sie so lange jeden Tag daran herumgeschnippelt, bis der Baum eingegangen ist", erklärte Lu, und seufzend erwiderte sie: „Wenn es schon einem Baum so ergehen musste, wie sollten dann Menschen dies aushalten?!"

Sie wandte sich nach den Kindern um, und unwillkürlich liefen ihr die Tränen herab. Dann aber nahm sie den Kübel, holte Wasser vom Brunnen und machte Feuer, um

Essen zu kochen. Lu redete ihr zu, sie solle sich nicht über-
anstrengen, sie aber sagte: „Es ist der Körper deiner Neuen,
in dem jetzt ich stecke, um den es dir leid tut. Habe ich
vielleicht, seitdem ich zu dir ins Haus gekommen war,
auch nur einen einzigen Tag müßig herumgesessen und
mich beweihräuchert?"

Lu wurde allmählich trübsinnig zumute. Er hielt den
Atem an und war still. Aber da sagte Frau Leng: „Ich bin
auf Befehl deines Vaters hier, wozu muss ich deine Verfehlungen aufzählen? Nur weil du Freude statt Kummer ge-
zeigt und meine Tugend verletzt hast, musste ich meinem
Herzen einmal Luft machen." Lu gab ihr gehorsam recht,
und von nun an war sie ihm wieder gut und kümmerte
sich von früh bis spät um das Hauswesen.

Zwölf Jahre später waren die Kinder erwachsen. Die
Tochter wurde dem Examenskandidaten Zheng aus demselben Ort zur Frau gegeben, und der Sohn heiratete die
Tochter des Promovenden[81] Qian. Die Familie lebte ein-
trächtig miteinander, und nie gab es ein Wort der Unzufriedenheit. Eines Abends tischte Frau Leng in den inneren
Gemächern Wein auf, und als sie nach ausgiebigem Trinken
einen Rausch hatten, eröffnete sie Lu: „Letzte Nacht hat
dein Vater mich zurückbeordert. Heute nehmen wir vonei-
nander Abschied für immer. Damit hat unsere Ehebeziehung, wie das Schicksal sie bestimmt hatte, ein Ende."

„War die Familie nicht schon getrennt?" fragte Lu unter Tränen. „Nachdem du einmal auferstanden bist, sollten
wir bis ins hohe Alter zusammenbleiben! Warum lässt du
mich im Stich?"

„Ich bin gekommen, um deine Kinder großzuziehen,
und ich gehe, um deinen Eltern zu dienen", erklärte sie
ihm. „Wenn du darauf bestehen wolltest, dass ich bleibe,
wärst du ein ungehorsamer Sohn."

Lu wandte sich ab und weinte hemmungslos. Nur einen Augenblick später war seine Frau schon aufs Bett gestiegen und streckte sich aus. Sie atmete nicht mehr und war tot. Während Lu noch erschüttert seufzte, setzte seine Frau sich plötzlich wieder auf und sprach: „Nachdem die Schwester zurückgegangen ist, werde ich sie ersetzen." Ihre Stimme war die von Frau Ouyang.

Lu wurde bleich vor Schreck, die Frau aber sagte: „Du brauchst nicht zu zweifeln und brauchst dich nicht zu fürchten. Bei deinen Eltern bin ich zwölf Jahre lang erzogen worden, bis ich begriffen habe, dass ich durch mein früheres Verhalten vom rechten Weg einer Frau abgekommen war. Von jetzt an will ich mich an die Regeln halten, wie die Schwester sie aufgestellt hat. Indem ich dir einige Jahre zur Hand gehe, werde ich meine damaligen Verfehlungen wiedergutmachen."

Lu freute sich und rief den Sohn, um ihm zu berichten, was vorgefallen war, und im Herzen des Sohnes mischte sich Kummer mit Freude.

„In den mehr als zehn Jahren, die ich nicht hier war, bist du groß geworden und hast geheiratet, Junge", sagte Frau Ouyang. „Ich hoffe, du wirst mir meine einstige Schlechtigkeit nicht nachtragen, so dass ich deinem Vater den Haushalt führen kann."

„Meine erste Mutter hat ihre mühselige Arbeit mit Eurem Körper verrichtet, meine zweite Mutter", erwiderte der Sohn. „Wie könnte ich es da wagen, einstige Schlechtigkeit nicht zu vergessen."

Jetzt war auch Frau Ouyang von Herzen froh. Von nun an half sie dem Mann und lehrte den Sohn, ihre Güte und ihr Pflichtbewusstsein waren gleichermaßen unübertrefflich. Nachbarn und Verwandte nannten sie einhellig eine gute Frau.

Ein Fischmensch als Sklave

Als der Student Jing aus Qianjing nach dreijährigem Aufenthalt in Min zur See nach Hause reiste, stieß er auf einen Mann, der am Sandstrand lag. Er hatte grüne Augen und einen krausen Bart, sein Körper war schwarz wie ein Totengeist. Jing rief ihn an und befragte ihn, da gab er zur Antwort: „Ich bin ein Fischmensch.[82] Als ich für Qionghua, die drittälteste Prinzessin aus dem Kristallpalast,[83] ein Hochzeitsgewand aus lila Rohseide webte, habe ich aus Versehen ein mit neun Drachen verziertes Doppelweberschiffchen zerbrochen und bin dafür weggejagt worden. Jetzt ziehe ich unstet umher und habe nirgends einen Halt. Wenn Ihr mich aufnehmen wolltet, würde ich Euch mein Leben lang dankbar sein."

Jing, der eben darunter litt, dass er keinen Diener hatte, nahm ihn mit an seinen Heimatort. Der Mann hatte keine Vorlieben und auch keine Fertigkeiten. Nach dem Essen ging er zum Teich, um zu baden, dann hockte er sich in eine dunkle Ecke, sprach nicht und lachte nicht. Weil ihm sein Meer fehlte und weil er einsam war, brachte Jing es nicht über sich, ihn immerzu hin und her zu schicken.

Am Tag der Buddhawäsche[84] ging Jing ins Udambara-Kloster,[85] um an der Freude der anderen teilzuhaben, und wurde dort auf eine ältere Frau aufmerksam, die sich in Begleitung eines jungen Mädchens am Fuße der Gnadenwolke niederwarf und ihr Gebet verrichtete. Die betend zusammengelegten Hände des Mädchens waren weiß wie die Blüten der Lotosblume, ihre Taille wirkte so schlank und so biegsam wie eine Weidengerte, und ihr ausdrucksvolles Gesicht glich dem hellen Mond, wenn er hinter einer Wolke hervorkommt.

Nach beendetem Gebet ging das Mädchen mit der Alten zusammen fort. Jing folgte ihnen bis in eine ärmliche Gasse, wo er auf Befragen von den Nachbarn erfuhr, das Mädchen stamme aus Wu, heiße mit Familiennamen Tao und mit Rufnamen Wanzhu („Zehntausend Perlen"). Schon als Kind habe sie ihren Vater verloren, sei daraufhin von ihrer Umgebung bedrängt worden und habe sich deshalb vor drei Jahren mit ihrer Mutter hier eingemietet.

Jing, der sich sagte, eine arme Witwe sei leicht zu ködern, trat ins Haus und bat darum, sich mit dem Mädchen verloben zu dürfen. Doch obwohl er viel Gold bot, lehnte die Mutter beharrlich ab.

„Wenn Ihr Euch darauf versteift, Eure Tochter für kein Geld der Welt wegzugeben, wird sie als alte Jungfer enden", warnte Jing, aber die Alte entgegnete lachend: „Auch eine doppelte Jadescheibe aus Lantian[86] stünde als Brautgabe außer Zweifel. Aber weil meine Tochter Wanzhu – „Zehntausend Perlen" – heißt, will ich zehntausend glänzende Perlen haben, bevor ich zustimmen kann. Sonst aber wird der Fremdling ob seiner vergeblichen Bemühungen ausgelacht, auch wenn er ein Netz aus tausend Fäden knüpft."[87]

Jing ging enttäuscht nach Hause. „Zehntausend glänzende Perlen könnte ich auf die Schnelle kaum herbeischaffen, selbst wenn ich mein ganzes Hab und Gut aufböte", sagte er sich. Nun malte er bei Tage mit dem Finger Schriftzeichen in die Luft,[88] und bei Nacht hatte er immer wieder den gleichen Traum. Nachdem er zehn Tage im Zustand dumpfer Benommenheit verbracht hatte, ohne aus dem Bett aufzustehen, wurden Ärzte geholt, die ihn untersuchten, um übereinstimmend zu befinden: „Alle möglichen Krankheiten lassen sich heilen, gegen die Sehnsucht aber ist kein Kraut gewachsen."

Zum Skelett abgemagert, lag Jing kraftlos darnieder und erwartete gefasst den Tod, als der Fischmensch zu ihm hereintrat und ihn nach seinem Befinden fragte. „Ich, Wang Boyu aus Langya, muss letzten Endes meiner Gefühle wegen sterben",[89] sagte Jing. „Du aber hast dich vor einem halben Jahr am Meeresufer mir angeschlossen. Wenn ich eines Tages vergangen bin gleich dem flüchtigen Tau am Morgen, kehr du nur ruhig in deine Heimat zurück."

Als der Fischmensch das hörte, musste er sich am Bett festhalten und begann heftig zu weinen. Bald war der ganze Boden von seinen Tränen bedeckt, und als Jing darauf hinabschaute, sah er, dass die Tränen glitzernd in die Höhe schnellten und lauter wunscherfüllende Perlen[90] waren. Mit einem Satz sprang er auf und verlangte: „Mehr!"

Der Fischmensch fragte warum, und Jing erklärte: „Lebensgefährlich erkrankt bin ich, weil mir deine heftigen Tränen fehlen." Und dann erzählte er ihm in allen Einzelheiten, was ihm begegnet war. Freudig sammelte der Fischmensch die Perlen auf und zählte sie, aber die geforderte Zahl kam nicht zusammen. Daraufhin klagte er seufzend: „Ihr seid zu habgierig, Herr! Kaum hattet Ihr etwas Kostbares bekommen, wart Ihr auch schon wieder froh. Warum konntet Ihr Euch nicht ein Weilchen gedulden damit, so dass ich mich nach Herzenslust um Euch hätte ausweinen können?"

„Kannst du es nicht noch einmal versuchen?", fragte Jing.

„Wenn unsereins lacht oder weint, kommt es aus dem Innern heraus", erläuterte der Fischmensch, „nicht wie bei jener Sorte von Menschen aus der Welt des Staubes, bei denen das rein mechanisch vonstatten geht, so dass sie ihren Mitmenschen ein falsches Gesicht zeigen können. So ist das nun mal. Morgen wollen wir mit einer Kanne Wein auf den Aussichtsturm am Meer steigen, dann werde ich einen Plan für Euch machen, Herr."

Jing tat, wie ihm geheißen, und stieg bei Tagesanbruch mit dem Fischmenschen zusammen auf den Turm, wo sie aufs Meer schauten. In der Morgendämmerung rauschten die Wellen, Himmel und Meer verloren sich in der Ferne. Der Fischmensch füllte einen Becher mit Wein und tanzte den Tanz der Fische und Drachen aus dem Palast der Kreisenden Wogen. Er blickte nach den roten Klippen im Süden und nach dem Himmel im Norden. Die Felsen von Zhifu und Jieshi[91] tauchten in den dunklen Wellen abwechselnd auf und wieder unter, und seufzend sprach der Fischmensch: „Wo in der endlosen Weite und Kühle liegt mein Zuhause?" Tiefbewegt schwenkte er die Ärmel seines Gewandes und gab sich dem Heimweh hin, bis er vor Kummer zu weinen begann und seine Tränenperlen hervorquollen.

Jing nahm einen Jadeteller, fing sie darin auf und sagte. „Das reicht."

„Der Kummer entspringt der Seele", erwiderte ihm der Fischmensch, „man kann ihn nicht abstellen." Dann heulte er wieder auf, und erst als die Tränen erschöpft waren, hielt er inne.

Gutgelaunt forderte Jing ihn auf, sie wollten gemeinsam heimgehen, aber der Fischmensch wies plötzlich nach Osten und sagte strahlend: „Die Mauern der Roten Stadt steigen empor wie Morgenwolken, und zwölf Luftschlösser erheben sich nahebei auf den Schildkrötenrücken. Heute Abend wird Prinzessin Qionghua die Frau des Geisterhistoriographen Diao'ao[92] aus dem Korallenpalast. Meine Not hat ein Ende. Ich bitte, jetzt gehen zu dürfen." Mit diesen Worten sprang er auf, stürzte sich ins Meer und versank.

Missmutig kehrte Jing allein nach Hause zurück. Anderntags ging er mit den Perlen hin, um den Brautpreis zu entrichten, aber lachend sagte die Alte: „Euch hat wahrhaftig die Liebe den Kopf verdreht. Ich wollte Euch nur auf die Probe stellen. Wie könnte ich mein Töchterchen verkaufen, um dadurch schamlos meinen Lebensunterhalt zu sichern!" Sie wies seine Perlen zurück und gab ihm die Tochter zur Frau. Diese gebar ihm dann einen Sohn, den sie Mengjiao („Traum vom Fischmenschen") nannten, damit nicht in Vergessenheit geriet, durch wen sie Mann und Frau geworden waren.

Im Dorf der alten Frau Meng

Lanrui war ein Freudenmädchen in Handan, das die große Zither[93] spielte. Ihre jüngere Schwester Yurui hatte dem Studenten Ge, der im selben Stadtviertel wohnte, die Ehe versprochen. Die Familie Ge war arm, und die Bordellwirtin verlangte einen übermäßigen Brautpreis, um Ge unüberwindliche Schwierigkeiten zu bereiten. Lanrui hatte viel Umgang mit vornehmen Gästen und schenkte alles Geld, das sie privat von ihnen bekam, dem jungen Ge, damit dieser es für ihre Schwester ausgeben konnte. Aber dann erkrankte Lanrui an der Schwindsucht und starb, wodurch der junge Ge vollends verarmte. Vom Brautgeld zu schweigen, schon wenn er sich die Freuden einer Nacht gönnen wollte, machte ihn der Anblick seines leeren Beutels tief beschämt. Seine Wünsche waren vereitelt, seine Lebensenergie stockte, und so starb er vor Kummer.

Als er im Jenseits ankam, erbarmte der Höllenkönig sich seiner, weil er unschuldig war, und entschied, er solle wiedergeboren werden. Er gelangte an einen Ort, wo aus Rankenwerk eine Laube errichtet war, während Steine als Tische dalagen. Hunderte Männer und Frauen drängten sich mit Schöpflöffeln und Kellen, um am Herd zu trinken. Weil auch Ge eben Durst verspürte, ging er hin und reihte sich ein. Da trat plötzlich eine Frau hinter der Laube hervor, und er erkannte Lanrui. Erschrocken fragte sie, wie er hierher käme, und Ge erzählte ihr alles.

„Wie könnte meine Schwester weiterleben, nachdem Ihr vor Kummer gestorben seid?" sagte sie, und bei diesen Worten liefen ihr die Tränen nur so herab.

Als Ge einen Schöpflöffel ergriff und zum Herd ging, machte Lanrui eine abwehrende Handbewegung und verbot ihm zu trinken. Ge fragte nach dem Grund, und nachdem sich die Leute zerstreut hatten, erklärte ihm Lanrui: „Ihr wisst das nicht. Dies ist das Dorf der alten Frau Meng.[94] Sie ist zur Geburtstagsfeier von Frau Kou gegangen und hat mich beauftragt, derweilen auf ihr Geschirr zu achten. Wenn Ihr auch nur mit einer winzigen Neige dieses Getränks in Berührung kommt, geht Euer eigentliches Ich verloren, und Ihr könnt nicht wieder lebendig werden. Ihr solltet es Euch zunutze machen, dass Ihr nicht vergessen habt, wie alles gekommen ist, und schleunigst zurückkehren, um dem früheren Versprechen gemäß mit meiner Schwester zusammen zu leben."

„Auf frühere Versprechen kann man sich schlecht berufen", entgegnete Ge. „Es ist sinnlos, wenn ich wieder ins Leben zurückkehre. Was soll ich deiner Meinung nach tun?"

„Ich weiß etwas für Euch", versprach Lanrui und führte ihn hinter die Laube, wo er zahlreiche Steinkübel erblickte, die in einer Mauerecke aufgereiht standen. Lanrui wies mit der Hand darauf und erläuterte: „Dies ist der Weisheitstrank. Wer davon trinkt, bekommt Talent. Dies ist der Langlebigkeitstrank. Wer davon trinkt, erreicht ein hohes Alter. Dies ist der Harmonietrank. Wer davon trinkt, den mögen die Leute."

„Und was haben all jene Leute getrunken?" erkundigte sich Ge. Lächelnd klärte Lanrui ihn auf: „Das war der

Dummheitstrank, der auf dem Feuer der Sorge aus Tropfen von der Tränenquelle gekocht wird."

Als sie zu einem letzten Kübel kamen, drängte Lanrui, daraus solle Ge trinken. Ge fragte, was für ein Trank dies sei, und Lanrui verriet: „Dies ist der Geldtrank. Wenn Ihr das Leben verabscheut und gern tot sein wollt, dann nur deshalb, weil Euch dieses fehlt."

Ge überwand sich und nahm ein paar Schlucke, bekam sie aber nicht hinunter. Lanrui legte ihm dar: „Es ist etwas Schmutziges, was eigentlich nicht in den Bauch eines Literaten gehört, aber wenn es benutzt wird, damit ein Liebender wieder frei atmen kann, dann ist es auch nicht vulgär." Als Ge immer noch ein gequältes Gesicht machte, redete sie ihm zu: „Ich rate Euch zu trinken, denn wenn Ihr die Unterwelt erst verlassen habt, ist niemand mehr da, Euch zu helfen."[95]

Ge verzog den Mund zu einem Lächeln und zwang sich den Trank zur Hälfte hinunter. Anschließend führte Lanrui ihn aus der Laube und zeigte ihm den Rückweg.

Um diese Zeit war Ge schon den fünften Tag tot. Weil nichts da war, um ihn einzusargen, hatte man den Leichnam auf dem Bett liegenlassen, und nur eine alte Küchenfrau hielt bei ihm Wache. Diese sah, wie der Tote plötzlich aufsprang, mehrmals rief, der Bauch tue ihm weh, und einen Finger in den Hals steckte, um sich dann so heftig zu erbrechen, dass ein Quell aus ihm zu strömen schien – es war funkelndes Quecksilber, das in den Boden drang. Ge ließ Korb und Spaten holen und grub mehrere Chi tief. Dort fand er Silber noch und noch, und sofort eilte er zu der Bordellwirtin.

Seitdem Yurui von Ges Tod erfahren hatte, verweigerte sie schon den dritten Tag die Nahrung. Als Ge jetzt wahrheitsgemäß berichtete, waren alle sehr froh. Er bezahlte dann den Brautpreis und nahm Yurui zu sich. Aus Dankbarkeit für Lanruis Güte ließ er ihren Sarg holen und ehrenvoll begraben. Später hatten die Ges zahlreiche Kinder und Enkel. Ihnen befahl Ge für ewige Zeiten, jedes Jahr im Frühling und im Herbst Lanruis Grab instand zu setzen und Opfer zu bringen.

Kondolenz für einen Lebenden

Der Seidenhändler X aus Jiangning trieb Handel in Wu. Er liebte das Kartenspiel. Eines Tages, als er Gäste eingeladen hatte und in der Halle mit ihnen um Sieg und Niederlage rang, wurde ihm von draußen gemeldet, Chen aus Shengze sei gekommen. X klebte so fest am Spieltisch, dass er sich nicht die Zeit nahm, dem Gast entgegenzugehen. Da er ihn stets als seinen Freund betrachtet hatte, befahl er dem Diener, ihn hereinzuführen.

Kaum dass Chen dann vor X stand, liefen ihm Rotz und Tränen über die Wangen. Er fasste ihn am Arm und weinte bitterlich. X argwöhnte, er müsse von Sinnen sein, und legte die Karten nicht aus der Hand. Da sagte Chen: „Eure Todesstunde ist nah. Ich habe mich rechtzeitig auf den Weg gemacht, weil ich Angst hatte, Euch sonst kein Totenopfer bringen zu können. Ich habe eine Kleinigkeit an Opfergaben bei mir, die ich Euch erst einmal darbringen möchte." Nach diesen Worten befahl er seinem Gefolge, Räucherwerk und Seidenimitat an Ort und Stelle aufzubauen, und holte ein Opfergeschenk aus dem Ärmel, das er X anzunehmen bat.

Nun glaubte X erst recht, Chen müsse geistesverwirrt sein, darum legte er die Karten noch immer nicht aus der Hand.

Inzwischen kleidete sich Chen in ein weißes Trauergewand, setzte eine weiße Kopfbedeckung auf und kniete vor X nieder, um immer wieder mit der Stirn den Boden zu berühren. Dabei weinte er, als ob er seines Kummers nicht Herr zu werden vermochte.

Jetzt wurde X wütend, stand mit den Karten in der Hand auf und sagte: „Ich hatte immer geglaubt, wir seien gute Freunde, und dachte, du hättest den weiten Weg gemacht, um mir etwas Ernsthaftes mitzuteilen. Warum treibst du so unheilverkündende Dinge, die einer Verwünschung gleichkommen?" Auch seine Mitspieler redeten auf Chen ein.

Da sagte Chen mit ernstem Gesicht: „Ich bin nicht von Sinnen. Als ich im Frühjahr krank lag, war ich im Jenseits und sah dort an einem Amtsgebäude einen Anschlag, auf dem dein Name stand. Du bist von jemandem verklagt worden und sollst am zweiten Tag des siebenten Monats verhört werden."

Wer hat mich verklagt?" fragte X.

„Frau Soundso", sagte Chen.

„Wessen hat sie mich beschuldigt?" fragte X weiter.

„Der Sache vom neunzehnten Tag des neunten Monats im vergangenen Jahr", gab Chen Auskunft. „Die Nonnen, die den Vorfall bezeugen können, standen schon gefesselt im Wandelgang."

Als X das hörte, malte sich sogleich Bestürzung in seinem Gesicht, und die Spielkarten in seiner Hand fielen zu Boden wie welkes Laub im Herbstwald. Dann stand er auf, griff nach Chens Hand und weinte nun ebenfalls. Seine Mitspieler fragten nach dem Wie und Warum, aber X sagte nur: „Wozu noch reden von dieser ehrlosen Tat?"

Chen verabschiedete sich unter Tränen, X aber packte Hals über Kopf seine Sachen und mietete noch in der Nacht ein Boot, um nach Baixia zurückzukehren.

Als später bekannt wurde, dass X tatsächlich am zweiten Tag des siebenten Monats gestorben war, staunten seine Spielgefährten nicht schlecht. In aller Heimlichkeit gingen sie zu Chen und baten um Aufklärung. Aber der sagte ihnen lächelnd: „Der Verstorbene hatte nicht die mindeste Selbstachtung und ist dafür schließlich in der

Unterwelt zur Rechenschaft gezogen worden. Wenn nur jeder von Ihnen, meine Herren, sich selbst anspornt, brauchen Sie nach ihm nicht zu fragen." Mit diesen Worten zog er sich aufseufzend zurück.

Der Tigerjäger

In Yizhou sind die Berge steil und zerklüftet, darum wimmelt es dort von wilden Tigern. Immer wieder befahl der Kreisvorsteher, sie zu fangen, doch statt dass die Jäger die Tiger erlegten, wurden Mal für Mal die Jäger von den Tigern totgebissen.

Ein gewisser Jiao Qi, der aus Shaanxi gekommen war, um bei Verwandten Zuflucht und Hilfe zu suchen, aber niemanden angetroffen hatte und nun in Yizhou gestrandet war, galt seit jeher als ein Ausbund von Kraft und Mut. Weil er sich mit einem steinernen Opferkessel unter dem Arm über den linken Dachfirst der Haupthalle des Tausend-Buddha-Klosters[96] geschwungen hatte, wurde er allgemein Steinkessel-Jiao genannt. Als er erfuhr, es gebe in den Yi-Bergen viele Tiger, ging er Tag für Tag langsamen Schrittes dorthin, und wenn er auf einen Tiger stieß, erschlug er ihn mit der bloßen Hand, lud ihn sich auf den Rücken und kehrte in den Ort zurück. So wurde es zur Regel.

Als er wieder einmal in die Berge gegangen war, traf er auf ein Tigerpaar, das ein Junges führte. Da geriet er erst richtig in Fahrt, erschlug nacheinander die beiden Alten, warf sie sich links und rechts über die Schultern, packte dann das Junge und kehrte so in die Stadt zurück. Alle Leute wichen ihm furchtsam aus, er aber lachte und scherzte wie gewöhnlich.

Ein reicher Mann, der Jiao seiner Tapferkeit wegen verehrte, gab ein Festessen für ihn, und bei Tisch schilderte Jiao, wie er immer die Tiger fing. Als die Zuhörer blass wurden, schnitt Jiao tüchtig auf und veranschaulichte seine Worte mit lebhaften Gesten. Bei alledem war er sehr von sich eingenommen.

Da sprang mit einemmal eine Katze auf den Tisch und krallte sich etwas von den Speisen, wobei sie alles mit starkkriechender Fischsoße bekleckerte. Jiao nahm an, die Katze gehöre dem Gastgeber, und ließ sie sich vollfressen und weglaufen. Jetzt erst sagte der Hausherr: „Also, dieses Nachbarsbiest ist wirklich zu grässlich!"

Wenig später war die Katze wieder da. Jiao riss die Faust hoch, schlug zu – und alles auf dem Tisch lag in Scherben, die Katze aber hatte sich durch einen Sprung in eine Ecke vor dem Fenster gerettet und kauerte sich dort nieder. Aufgebracht setzte Jiao ihr nach und schlug wieder zu – diesmal zertrümmerte er das Gitterwerk des Fensters. Mit einem Satz war die Katze auf dem Dach und blickte von dort aus würdevoll auf Jiao herab. Der langte wutschnaubend mit der Hand nach ihr, aber sie schrie auf und spazierte dann gemächlich mit hängendem Schwanz über die Mauer zum Nachbargrundstück davon. Nun wusste sich Jiao keinen Rat mehr, stand mit dummem Gesicht vor der Mauer und schaute der Katze hinterher. Der Gastgeber klatschte amüsiert in die Hände, Jiao aber ging tiefbeschämt fort.

Aber ist es wirklich Mut vor einem starken Gegner und Feigheit vor einem schwachen, wenn jemand Tiger fangen kann, aber keine Katze? Es ist nur unangemessene Wichtung. In einem Kessel, der einen ganzen Ochsen fasst, kocht man nicht kleine Fische, und mit einer Armbrust, für die man tausend Djin Spannkraft braucht, schießt man nicht auf winzige Mäuse. Das sollte wissen, wer Talent besitzt, und auch, wer Talente einsetzt.

Die spitze Zunge eines Mädchens vom Lande

Nachdem der Mann einer Tante meiner Frau, Herr Chen Yongzhai, im 26. Jahr des Sechzigerzyklus [1769] die Palastprüfung als *zhuangyuan* bestanden hatte, bekam er Urlaub, um einen Familienbesuch im Süden zu machen. Als er nach Tianshui Pu kam, war da in der Nachbarschaft ein Dorf, wo grüne Bäume dichten Schatten spendeten und Wildbirnen üppig blühten. Der Anblick gefiel ihm, und so machte er sich zu Fuß auf den Weg, um allein spazierenzugehen, ohne darauf zu achten, wie weit der Weg war.

Am Ende des Dorfe erblickte er ein Stück Flechtzaun aus Bambus mit einem zweiflügeligen Tor auf der linken Seite. Schräg ans Tor gelehnt stand ein junges Mädchen und haschte nach den Weidenflocken, die in der Luft trieben, um sie dann unter naivem Lachen auf der Handfläche zu zerreiben. Chen sah sie schräg von der Seite her an, und seine Seele schmolz dahin, seine Züge verwirrten sich. Er versuchte, ein Gespräch mit ihr anzuknüpfen, und sie wurde zwar nicht zornig, antwortete aber auch nicht. Statt dessen rief sie nach ihrer Mutter.

Wenig später kam eine bucklige alte Frau heraus und fragte das Mädchen, was es gebe. „Irgendwoher ist dieser ungehobelte Kerl hier aufgetaucht, der einen umbringt mit seinem Geschwätz."

Chen wusste sich nicht anders zu helfen, als vorzugeben, er bäte um etwas zu trinken.

„Unser Hüttchen bietet keinen Platz für Besucher", beschied ihn die Alte. „Klein Hui, hol einen Becher kaltes

Wasser!" Das Mädchen antwortete mit einem kurzen Laut und ging hinein.

„Wie alt ist Eure Tochter?" erkundigte sich Chen.

„Ich erinnere mich nur, dass sie im Jahr des Tigers geboren wurde", gab die Alte Auskunft. „Wie alt sie jetzt ist, weiß ich nicht."

„Mit wem ist sie verlobt?" fragte Chën weiter.

„Ich alte Frau bin ein Krüppel und habe nur diese eine Tochter. Ich will sie bei mir behalten und nicht weggeben, damit sich jemand anders von ihr bedienen lässt", war die Antwort.

„Ein Mädchen muss heiraten, Ihr könnt sie nicht auf die Dauer bei Euch behalten", argumentierte Chen.

Da kam eben das Mädchen mit dem Wasser und hörte die letzten Worte. Laut sagte sie zu der Alten: „Dieser Besucher hat nichts Gutes im Sinn. Redet nicht zuviel mit ihm!"

„Wenn er es hören mag, soll er es hören; ob ich aufrichtig bin, ist meine Sache", entgegnete die Alte. „Was also hast du zu schwatzen?"

Um Eindruck zu machen, rühmte sich Chen, er sei ein *zhuangyuan*. Die Alte überlegte eine Weile mit gesenktem Kopf, dann fragte sie: „Was ist das, ein *zhuangyuan*?"

„Wenn man nach dem Studium der Schriften die hauptstädtische Prüfung mit dem Doktorgrad besteht und der Name zuoberst auf der goldenen Tafel steht, wenn man in die Hanlin-Akademie aufgenommen wird, wo die kaiserlichen Edikte entworfen werden, und mit seinen Aufsätzen eine Zierde für das Land ist, so dass man an erster Stelle im Reich steht, darf man sich *zhuangyuan* nennen", erklärte Chen.

„Und alle wieviel Jahre gibt es so einen Besten?" wollte die Alte wissen.

„Alle drei Jahre", erwiderte Chen.

Mit einem Anflug von Heiterkeit warf das Mädchen ein: „Ich dachte, ein *zhuangyuan* sei der Beste für ewige Zeiten, dabei gibt es alle drei Jahre einen. Und damit liegt Ihr den Leuten in einem fort in den Ohren? Das ist wirklich merkwürdig."

„Sobald du kleine Hexe dein loses Mundwerk auftust, hältst du den Leuten ihre Schwächen vor", tadelte die Alte.

„Aber was geht uns das an?" wehrte sich das Mädchen. „Ich dummes Ding werde schon sehen, was ich davon habe." Sie lachte auf, und dann ging sie.

Chen stand einige Zeit ganz niedergeschlagen da, dann sagte er zu der Alten: „Für den Fall, dass Ihr mich nicht verschmäht, erlaube ich mir, ein bescheidenes Verlobungsgeschenk zu hinterlassen." Er zog einen Goldbarren aus der Tasche und gab ihn ihr.

Die Alte strich ein paarmal mit der Hand darüber, dann sagte sie: „Es duftet nicht, wenn man daran riecht, und man bekommt kalte Hände davon. Was ist das?"

„Das wird Gold genannt", erklärte ihr Chen. „Davon könnt Ihr Euch Kleider machen lassen, wenn Euch kalt ist, und Essen, wenn Ihr hungrig seid. Es ist wirklich eine Kostbarkeit für Generationen."

„Wir besitzen einhundert Maulbeerbäume und ein halbes Qing Ackerland", entgegnete die Alte. „Wir haben nicht die mindeste Sorge, dass wir frieren müssten oder hungern. Für das hier ist bei uns keine Verwendung, Ihr solltet es für Euch selbst behalten, Herr *zhuangyuan*." Sie warf das Gold auf die Erde und sagte dabei: „Schade, die Gesichtsbildung dieses Irren zeigt, dass er nicht die Spur von Tugend und Tüchtigkeit besitzt, bloß mit Reichtum und Macht will er die Leute einschüchtern."

Als sie zu Ende gesprochen hatte, machte sie das Tor hinter sich zu und verschwand im Haus. Chen stand einen

Moment wie närrisch da, dann schlug er seufzend den Rückweg ein.

Der letzte Wille einer keuschen Witwe

X aus Jingxi war siebzehn Jahre alt, als sie Y heiratete, der einer Beamtenfamilie angehörte. Ein halbes Jahr später wurde sie Witwe. Dann brachte sie einen Sohn zur Welt, den sie aufzog, wobei sie ihrem verstorbenen Mann die Treue hielt, indem sie sich nicht wieder verheiratete. Mit über achtzig Jahren, als sie zahlreiche Enkel und Urenkel hatte, fühlte sie ihr Ende nahen. Da ließ sie die Ehefrauen aller ihrer Nachkommen zu sich rufen und rings um ihr Bett Aufstellung nehmen. Dann verkündete sie: „Ich habe Euch etwas zu sagen, hört mir gut zu!"

Alle antworteten „Sehr wohl", und Frau X sprach zu ihnen: „Wenn ihr als die Frauen meiner Familie bis ins hohe Alter mit euren Männern zusammenbleiben könnt, bedeutet das für die Familie wahrhaftig ein Glück. Habt ihr aber das Pech, euren Mann in jungen Jahren zu verlieren, sollt ihr nur Witwe bleiben, wenn ihr euch das zutraut. Andernfalls sprecht ihr mit den Familienältesten und geht eine neue Ehe ein. Auch so ein Verhalten ist durchaus angemessen."

Die Frauen erschraken und glaubten, dies sei ein absurdes Vermächtnis, das einem verwirrten Sinn entsprungen sein müsse, aber die Sterbende sprach lächelnd weiter: „Ihr glaubt, ich hätte unrecht, aber es ist nicht so einfach, als keusche Witwe zu leben. Ich habe das am eigenen Leibe erfahren und möchte euch schildern, was sich dabei zugetragen hat."

Als alle ergeben lauschten, erzählte sie: „Als ich Witwe wurde, war ich erst achtzehn. Ich entstammte einer angesehenen Familie und hatte in eine Beamtensippe hineingeheiratet, außerdem trug ich ein Kind im Schoß. Darum wagte ich nicht, andere Gedanken aufkommen zu lassen. Aber bei Wind am Morgen und Regen in der Nacht in seinen vier Wänden allein zu sein ist schwer zu ertragen.

Nun hatte mein Schwiegervater einen Neffen, der aus Gusu zu Besuch kam und im Gästezimmer untergebracht wurde. Hinter einem Setzschirm verborgen, sah ich, dass er schön von Angesicht war, und unwillkürlich regte sich etwas in meinem Herzen. Als es Nacht wurde, wartete ich, bis meine Schwiegereltern fest eingeschlafen waren, dann wollte ich zu ihm gehen und mich ihm hingeben. Ich stellte die Lampe um und trat zur Tür hinaus, dann aber ließ ich beschämt den Kopf sinken und ging wieder hinein. Doch ein ungestümes Herz ist schwer zu bezähmen, darum stellte ich die Lampe von neuem um und trat wieder hinaus. Weil es aber letzten Endes verächtlich war, was ich vorhatte, ging ich auch diesmal wieder hinein. Zu guter Letzt jedoch machte ich mich entschlossen auf den Weg. Als ich aber hörte, wie die Sklavenfrauen am Herd unablässig miteinander wisperten, kehrte ich mit verhaltenem Atem um. Ich stellte die Lampe auf den Tisch zurück und legte mich erschöpft zu Bett.

Im Traum ging ich in das Gästezimmer hinüber, wo der junge Mann beim Licht der Lampe in einem Buch las. Wir sahen einander an und offenbarten uns unsere innersten Gefühle. Hand in Hand traten wir durch die äußeren Vorhänge, und dann saß da hinter den inneren Vorhängen jemand mit untergeschlagenen Beinen auf dem Bett. Das Haar hing ihm wirr herunter, und sein Gesicht war blutüberströmt. Es war mein verstorbener Mann. Mit einem lauten Schrei wurde ich wach. Die Lampe auf dem Tisch flackerte mit grünlichem Schein, vom Torgebäude auf der Stadtmauer her verkündete die Trommel eben die dritte

Nachtwache,[97] und in seinen Decken weinte mein Sohn, weil er die Brust haben wollte.

Zuerst war ich erschrocken, dann traurig und endlich voll Reue, das törichte Liebesgefühl war irgendwohin verschwunden. Jetzt erst bekehrte ich mich und wurde zu einer keuschen Witwe aus gutem Hause. Hätte ich damals nicht die Stimmen am Herd gehört, und hätte ich im Bett nicht diesen Alptraum gehabt, wie hätte ich dann mein Leben lang sauber bleiben und dem Toten keine Schande machen können! Ich weiß also, wie schwer es ist, Witwe zu bleiben, und will nicht, dass es jemand unter Zwang tut."

Sie befahl ihrem Sohn, dies aufzuschreiben und als Familienregel zu überliefern. Dann starb sie mit lächelnder Miene.

Ihre Nachkommenschaft war sehr zahlreich. In jeder Generation gab es keusche Witwen, und es gab auch Fälle von Wiederverheiratung. Doch in mehr als hundert Jahren herrschte Sauberkeit in den Frauengemächern des Hauses, und nie kam es zu hässlichen Geschichten.

Heimliche Spiele auf der Handfläche

Der Gelbe Kaiser schlief mit 3600 Frauen und wurde unsterblich. Diese Darstellung findet man in den daoistischen Schriften. Später wurde er als Begründer des Verfahrens der Selbststärkung durch Aufnahme fremder Lebensenergie angesehen.

Der Student Song aus Shangqiu hatte eine Vorliebe für Methoden der Makrobiotik. Jemand brachte ihn auf das Mittel, durch Aufnahme weiblicher Energie die männliche Energie zu stärken,[98] und er war ganz begeistert davon. Er schaffte zahllose Nebenfrauen an und lieferte sich Tag und Nacht Liebeskämpfe mit ihnen. Eines Tages, als er eben mit einer blutjungen Nebenfrau Schenkel an Schenkel zusammenlag, trat ungeniert ein Daoist vor das Bett. „Woher kommt dieser Wilde, der es wagt, bei mir einzudringen, um meine Schlafzimmergeheimnisse auszukundschaften?", schrie Song.

„Das große Verlangen von Mann und Frau hat kein Herrscher verboten", entgegnete der Daoist. „Warum sollte es tabu sein, darüber zu reden?" Da sich der Zorn des Studenten immer noch nicht legte, fuhr er fort: „Wenn Ihr wollt, zeige ich Euch Bettspiele auf meiner Handfläche."

Song stimmte zu, und der Daoist öffnete seine linke Hand, die so groß war wie ein Palmblattfächer. Es standen neun Lustbetten darauf, von denen jedes nur gut ein Cun maß. Die rotorangenen Bettvorhänge hingen tief herab, die silbernen Haken daran klirrten zart wie Jadeplättchen. Durch die Vorhänge drang einfältiges Lachen, und undeutlich waren Beischlafgeräusche zu vernehmen. Dann ging am mittleren Bett die linke Seite des Vorhangs zur Hälfte auf und man sah eine Hand, die einen kleinen Frauenfuß drückte. Das Bein war zwar nicht größer als ein Käferbein, war aber mit Strumpf und Knieschützer bekleidet. Aus dem rechten Bett war eine leise Stimme zu hören, die sagte: „Stell du dich nicht auch so träge an wie sie und heb dein Jadegebirge hoch, ich möchte die Stelle sehen, wo die beiden Berge zusammentreffen." In einem anderen Bett sagte eine Stimme leise kichernd: „Ein schön geheucheltes Verständnis! Soll das Hibiskuskissen unter dem Kreuz nur ein müßiger Gast sein?" Von einem weiteren Bett war zu hören: „Hier kann euresgleichen das wahre Gesicht des Berges Lu Shan sehen.[99] Hoch wie er sich erhebt, ist es aus meiner Sicht ein Gipfel, schräg von der Seite betrachtet dagegen ein Bergrücken. Warum nicht unbeschwert dort umherschweifen?" Und in noch einem anderen Bett sagte jemand: „Beim Angriff in horizontaler Richtung geht leicht etwas schief, besser ist eine Schlachtordnung, die ein Zurückweichen nicht zulässt."

So waren aus vier verschiedenen Betten die unterschiedlichsten Äußerungen zu hören, vom ersten Bett auf der linken Seite dagegen kam kein Wort. Da stieg vom mittleren Bett ein nackter Mann herab, hob am linken Bett den Vorhang an und schaute hinein. Eine Gestalt mit runden Schultern, so weiß wie das Fleisch der Lotoswurzel, und mit einer Gewürznelke zwischen den Lippen wurde sichtbar. Der Nackte klatschte in die Hände und rief lachend: „Hier labt sich ein Durstkranker am Sabber. Kein Wunder, dass er den Mund nicht aufbekommt!"

Als der Mann im rechten Bett das hörte, kam er herbeigestürzt, zerrte die Frau aus dem linken Bett heraus und sagte dabei: „Es macht keinen Spaß, wenn jeder nur innerhalb seiner engen Grenzen bleibt. Wir lassen unsere Truppen aufmarschieren und liefern uns eine Entscheidungsschlacht!"

Jeder der Männer zog nun seine Frau aus dem Bett. Neun splitterfasernackte Männer mit aufgerichteter Lanze, die schärfer war als der Stachel eines Skorpions, und neun nackte Frauen mit aufgelöstem Haar, deren klaffende Lappen den verborgenen Graben freigaben, der zinnoberrot glänzte wie eine halbierte Paprikaschote, räumten eifrig Betten und Polster beiseite und breiteten buntgeblümte Teppiche aus, bis sie mehr als ein Chi hoch lagen. Dann ließen sie sich kreuz und quer darauf nieder, krochen hin und her wie Käfer oder Ameisen und jeder zeigte, was er konnte, bis alle ihr Bestes gegeben hatten – und das auf der Handfläche des Daoisten.

Song schaute eben wie gebannt zu, als der Daoist plötzlich auch seine rechte Hand öffnete. Ein acht oder neun Cun großer Dämon sprang darauf und stieg auf die linke Hand hinüber, wo er dann in einem fort zupackte und fraß. Ein weißes Glied nach dem anderen verschwand zappelnd zwischen seinen Zähnen. Nachdem er einige Zeit gekaut und alles Fleisch abgenagt hatte, steckte er einen Finger in den Hals, spuckte nacheinander achtzehn Totenschädel aus und fädelte sie auf einer Schnur, die er um die Hüften getragen hatte, wie eine Gebetskette auf, die er sich um den Hals hängte. Anschließend verschwand er im Ärmel des Daoisten, dessen Handflächen jetzt leer waren.

„Habt Ihr die Gruppenspiele gesehen?" fragte der Daoist den Studenten Song.

„Wer waren diese Leute?" erkundigte der sich.

„Menschen wie Ihr, die sich durch Energieaufnahme ein langes Leben sichern wollten", gab der Daoist Auskunft.

„Und wie heißt der Dämon?"

„Das ist Chiguo, der Dämon der Ausschweifung",[100] erklärte der Daoist. „Die Unsterblichen erreichen die höchste Stufe der Langlebigkeit durch Reinigung des Herzens und Minderung der Begierden. Wenn man im Meer der Begierde nach Unsterblichkeit strebt, sichert man sich nicht das Leben, sondern man büßt es ein. Beinahe hättet Ihr den Ofenmeister am Ofen der neunfachen Läuterung kennengelernt und wärt zu luststeigerndem Leim verkocht worden, der als Elixier zur Lebensverlängerung dienen soll."

Jetzt gelangte der Student Song zur Erkenntnis und bat den Daoisten kniefällig um einen Fingerzeig für die Unsterblichkeit, aber der Daoist beschied ihn: „Ich bin kein Unsterblicher. Wie könnte ich Euch lehren?" Er schrieb sechzehn Schriftzeichen auf, die er dem Studenten zu lesen gab, dann schwenkte er seinen Ärmel und verschwand.

Der Student Song las die Worte: „Wer das innere Feuer nicht aufkommen lässt, wird nicht im äußeren Feuer schmoren. Wer sich vom Wasser über das Wasser tragen lässt, erlangt das ewige Leben." Daraufhin schaffte er seine Nebenfrauen ab und widmete sich ganz der unverfälschten

Lehre des Daoismus. Eines Tages verließ er das Haus und ging in die Berge. Niemand wusste, wo er abgeblieben war. Dreißig Jahre später war in Lingling auf dem Markt jemand, der Im-Nu-Blumen[101] verkaufte. In Aussehen und Betragen schien er dem Studenten Song zu gleichen.

Spürbare Vergeltung für Mordlust

Der Kreisvorsteher von Pucheng hielt sich – wie schon seine Vorfahren seit Generationen – an das Gebot, kein Leben zu zerstören,[102] seine Frau aber war grausam und hatte Vergnügen daran, wenn Tiere geschlachtet wurden. Als ihr Geburtstag nahte, befahl sie dem Koch, rechtzeitig die Vorbereitungen für das Festmahl zu treffen. Vor der Küche standen dann ganze Herden von Schweinen und Schafen sowie große Scharen von Hühnern und Gänsen. Alles reckte jämmerlich schreiend den Hals, und alles sollte ausnahmslos sterben.

Der Kreisvorsteher, der Mitleid empfand, sagte zu seiner Frau: „Du hast Geburtstag, und für sie soll es der Sterbetag sein. Buddha lehrt uns Barmherzigkeit, und so bitte ich dich, meine Gattin, durch eine gute Tat den Grundstein für dein künftiges Glück zu legen."[103]

„Wenn man sich an die buddhistische Lehre hält, die das wechselseitige Verlangen von Mann und Frau verbietet,[104] so dass Geburten tabu sind, wird die Menschheit in wenigen Jahrzehnten ausgestorben sein", schimpfte die Frau. „Ist nicht die Welt voll von Tieren? Also halte mir nicht solche dogmatischen Reden!"

Der Kreisvorsteher erkannte, dass er sie nicht zu überzeugen vermochte, darum ging er seufzend hinaus. Sie aber schloss die Tür, um ihren Nachmittagsschlaf zu halten. Unversehens fand sie sich in der Küche wieder, wo sie sah, wie der Koch flink das Messer wetzte, während Sklavenmädchen und Diener zahlreich im Kreis um ihn herumstanden und zuschauten. Auf einmal ging ihre Seele in den Körper eines Schweins ein, der Koch trat auf sie zu, band ihr alle vier Beine zusammen, hob sie auf eine weiße Holzbank, hielt ihren Kopf fest und stach ihr die scharfe Klinge in die Kehle. Ihr Blut lief in Strömen, und der Schmerz durchschnitt ihr ganzes Inneres. Platsch – machte es, und sie fiel in brodelnd kochendes Wasser. Dann wurden ihr die Borsten ausgerissen und der Schmutz abgeschabt, bis kaum noch ein Fleck ihrer Haut heil war. Anschließend wurde sie vom Hals bis unter den Bauch aufgeschlitzt.

Der Schmerz war kaum zu ertragen, und so, wie ihre Eingeweide zerteilt wurden, zerteilte sich auch ihre Seele, und sie spürte, wie diese ohne Halt im Raum schwebte, ehe sie in den Körper eines Schafs einging. Vor Angst blökte sie wie wild. Darüber brachen die Sklavenmädchen wie auch die Diener in dümmliches Hohngelächter aus, und niemand half ihr. Diesmal war der Schmerz des Geschlachtetwerdens noch einmal so stark wie beim Schwein, und auch als Huhn und als Ente musste sie ihn über sich ergehen lassen.

Nachdem sie unerkannt in jeder Gestalt einmal geschlachtet worden war und ihre verstörte Seele eben etwas Ruhe gefunden hatte, packte ein alter Diener einen golden schimmernden Karpfen, und sofort fuhr ihre Seele in den Fischleib. „So etwas isst die Herrin leidenschaftlich gern", sagte ein Sklavenmädchen mit lächelndem Gesicht. „Hack ihn schnell klein und mach Fischklößchen daraus."

Der Koch schuppte und entgrätete den Karpfen, trennte den Kopf und den Schwanz ab und warf die Stücke auf den Hackklotz, um sie dann mit lautem Tacktack zu zerkleinern. Jeder Schlag mit dem Hackmesser verursachte einen neuen Schmerz, fast schien es, als habe sie Hunderte, Tausende, ja Millionen von Körpern, von denen jeder einzelne die grausame Hinrichtungsart des scheibchenweisen Zerstückelns erfuhr. Sie schrie aus Leibeskräften, und erst jetzt wurde sie wach.

Im selben Moment kam ein kleines Sklavenmädchen herein, um sie aufzufordern: „Kommt bitte zum Abendessen, Herrin! Gerade sind die Fischklößchen fertig."

Sofort befahl sie, die Speisen wieder wegzutragen, und rief sich den eben durchlebten Schreck ins Gedächtnis zurück, wobei ihr der Schweiß aus allen Poren brach. Am nächsten Tag beauftragte sie ihren Mann, das Festbankett abzusagen, und als er genau wissen wollte, warum sie das verlangte, erzählte sie ihm ihren Traum.

Glücklich lachend sagte der Kreisvorsteher: „Du hattest nie an Buddha geglaubt. Hättest du nicht all dieses Leid erfahren, hättest du das Schlachtermesser bestimmt nicht aus der Hand gelegt."[105] Da konnte auch sie wieder lachen. Von nun entsagte sie allen Fleischspeisen, ernährte sich von pflanzlicher Kost und befolgte ebenfalls das Gebot, kein Leben zu zerstören.

Die Dämonen der Ausschweifung hinter meinem Rücken

Der Zen-Meister Huotang im Kloster auf dem Qixia-Berg[106] hatte die rechte Glaubensrichtung zur Weitergabe der Lehre gefunden. Ich ging hin, um bei ihm zu lernen, und bat darum, der Mahayana-Doktrin teilhaftig werden zu dürfen.

„Du lässt dich täglich vom Dämon der Ausschweifung betören, wie könnte ich dir am Ufer der Erleuchtung hinaufhelfen?", beschied mich der Meister.

„In meiner Kindheit las ich die konfuzianischen Bücher, und als Erwachsener fand ich an der Paradies-Schule Gefallen", erwiderte ich. „Außerdem liebe ich zwar einen schönen Stil, so dass ich vom Dämon der Literatur besessen bin, aber doch nicht vom Dämon der Ausschweifung."

„Weißt du nicht, dass der Dämon der Ausschweifung nichts anderes ist als der Dämon der Literatur in veränderter Gestalt?" fragte der Meister. „Wenn du die Kraft zur Meditation hast, kann dem Kummer noch durch Vergebung abgeholfen werden." Daraufhin legte er eine runde Rohrkolbenmatte vor seinen Sitz und ließ mich mit untergeschlagenen Beinen darauf Platz nehmen, die Brauen senken und die Augen schließen. Ich dürfte mich nicht im Mindesten bewegen, schärfte er mir ein.

Nach ungefähr zwei Doppelstunden merkte ich, wie sich an meinem Hinterkopf plötzlich zwei Augen öffneten. Dutzende von Gestalten mit puderweißem Gesicht und blauschwarzen Brauen kamen dicht gedrängt auf mich zu. Zuerst blickten sie mich nur lächelnd an, dann aber umfassten sie meinen Rücken, streichelten meine Schultern und trieben jeglichen Schabernack mit mir. Ich saß aufrecht da und wagte nicht, mich zur Seite zu drehen. Allmählich hörte ich, wie sie einander zuraunten: „Er war es, der unsere Namen ans Licht gezerrt hat. Warum hat er uns einfach im Stich gelassen?"

Ich hielt es nicht mehr aus und herrschte sie an: „Wo wären wir uns begegnet, dass ihr sagt, ich hätte eure Namen ans Licht gezerrt?"

Da stellten sie sich lächelnd vor. Die eine sagte: „Ich bin Zheng Yunu aus dem Stück *Eine schicksalhafte Eheverbindung dank vergoltener Güte*." Eine andere sagte: „Ich bin Sun Fojie aus dem Stück *Das Glück des Begabten*." Eine dritte sagte: „Ich bin Li Yingniang aus dem Stück *Das Prachtgemach*." Die übrigen nannten sich Yaoying, Zifeng, Meilan bzw. Xiuqin. Das alles waren erdichtete Namen aus Bühnenwerken, die ich in früherer Zeit verfasst hatte.

Ich sagte: „Das waren nur aus dem Nichts heraus erdachte Worte. Warum gibt es euch?"

Alle zusammen erklärten sie mir: „Die Seele der Dichtung kommuniziert mit Göttern und Geistern. So ist es mit der Flussgöttin vom Luo, von der es lebensecht heißt, sie gleiche einer aufgeschreckten Wildgans, und der Göttin von Gaotang, die im Traum erschien und sagte, sie gehe als Regen nieder.[107] Und wer sagt, dass Tao Qians müßige Gefühle[108] nicht wirklich ein Herz unter den Kleidern zu rühren vermögen? Also dreh dich bitte sofort um und genier dich nicht, uns von Angesicht zu Angesicht gegenüberzutreten!"

Ich hielt mich fest an die Worte des Meisters und blieb aufrecht sitzen. Da sagten sie lachend: „Der Bursche hat einen Mund, aber kein Herz. Wir dürfen ihn nur hinterrücks tadeln, aber nicht sein wahres Gesicht beschmutzen." Dann sahen sie mich aufmerksam an und stellten fest: „Kein Wunder, dass er sich nicht umdrehen will! Irgendwoher hat er sich ein Paar Augen der Weisheit verschafft, mit denen er uns durchschaut hat." Als sie ausgeredet hatten, verwandelten sie sich in Papierfetzen, die vom Wind weggeweht wurden, und sogleich schlossen sich die Augen wieder.

„Glücklicherweise verfügst du über ein wenig Kraft zur Meditation", sagte der Meister. „Sonst wäre wohl der Dämon der Literatur zu vertreiben gewesen, aber der Dämon der Ausschweifung nicht zu bezwingen."

Er behielt mich dann bei sich und vergab mir die Sünden des Mundes. Als ich nach Hause zurückgekehrt war, verbrannte ich meine Partituren und erlaubte mir nicht mehr die Frivolität, über das Theater zu sprechen, weil ich Zeit meines Lebens größte Angst hatte, unziemliche Dinge zu tun.

Ein Daoistenmönch
als meisterhafter Physiognomiker

Der alte Herr N. in Jiangyin war der reichste Mann des Stadtviertels. Da er mit mehr als vierzig Jahren noch keinen Sohn hatte, kaufte er sich eine Nebenfrau namens Li, die im Jahr darauf einen Knaben zur Welt brachte. Als ein Daoistenmönch an sein Tor klopfte, gebot ihm der Türhüter mit so lauter Stimme Einhalt, dass der Lärm bis in die Innenräume zu hören war. N. ging hinaus, um nach dem Grund zu fragen, und der Daoist sprach ihn an: „Ich ungeschliffener Mensch aus der Bergeinsamkeit habe schon vor langer Zeit von Euch gehört. Heute wollte ich mich nur bei Euch anmelden lassen, um mir bei dieser Gelegenheit einen Rausch zu verschaffen. Warum weist der Pförtner mich so heftig ab?"

N. bat ihn herein und befahl einem Haussklaven, Wein aufzutragen. Der Daoist leerte dreißig Becher hintereinander, ohne ein Anzeichen von Trunkenheit erkennen zu lassen. Verwundert fragte N. ihn, ob er über ein Geheimrezept verfüge, das er auch ihm beibringen könne. „Ich besitze keine andere Fähigkeit, als auf Grund der Gesichtszüge unfehlbar vorauszusagen, ob jemand für Reichtum und Vornehmheit oder für Armut und Bedeutungslosigkeit bestimmt ist", sagte der Daoist.

N. nahm seine Kopfbedeckung ab und befahl, der Daoist solle ihn begutachten. Der schaute ihn lange sorgfältig an, dann verkündete er: „Euer Körper, mein Herr, ist ganz und gar der eines profanen Menschen. Euren fünf Sinnesorganen haftet der Hauch des Gewöhnlichen an, und was in Eurem Gesicht länger als ein Cun wächst, ist Hundehaar. Das ist wirklich und Wahrhaftig das Aussehen eines reichen Mannes. Nur an Euren Schläfen ist eine Spur von Reinheit zu erkennen, die bis tief über die Wangen reicht und in verborgene Hungerfalten ausläuft. Es ist zu befürchten, dass Ihr eines Tages hungern und frieren müsst."

„Ha", sagte N., „Ihr übertreibt. Auch ohne Berücksichtigung der Zinsen könnten mein Sohn und meine zukünftigen Enkel meinen bescheidenen Besitz nicht aufbrauchen, wenn sie hinter verschlossenen Türen nur davon zehrten."

„Das ist Bestimmung, was weiß ich davon!", erwiderte der Daoist. Dann ließ er sich alle Familienangehörigen vorführen, sagte aber zu keinem ein Wort, bis plötzlich die Amme mit N.s Sohn auf dem Arm erschien. Da offenbarte der Daoist mit erschrockener Miene: „Dieser Sohn wird die Familie ruinieren."

„Was sagt Euch sein Aussehen?", erkundigte sich N., und der Daoist legte ihm dar: „Dieser Gesichtsbildung nach wird Euer Sohn mit zwölf Jahren in die Kreisschule aufgenommen werden und mit fünfzehn die Prüfung bestehen. Mit sechzehn wird er ein Magister sein und einen Posten in der Hanlin-Akademie bekommen. Ich fürchte nur, als einem Frühvollendeten ist ihm kein langes Leben beschieden."

„Aber dann würde er der Familie Ehre machen, warum sagt Ihr, er werde sie ruinieren?" wunderte sich N.

„Begabung und Besitz sind einander feind", erklärte ihm der Daoist. „Ihr thront nur deshalb auf Euren Millionen, weil in Eurer Familie seit fünf oder sechs Generationen niemand auch nur das einfachste Schriftzeichen kannte. Nachdem Ihr jetzt einen Sohn habt, der über Bildung verfügen und in der Akademie dienen wird, würde auch ein hundert Zhang hoher Berg Münzen zunichte werden." N. entgegnete etwas Belangloses, und der Daoist verabschiedete sich.

Als der Sohn allmählich heranwuchs, ließ N. ihn von namhaften Lehrern unterrichten. Der Sohn studierte die Fünf Kanonischen Bücher[109] und die Historiker; alles, was er las, verstand er auf den ersten Blick. Sein Vater wirtschaftete sorgfältig, konnte aber keinen Gewinn mehr erzielen. Innerhalb von vier oder fünf Jahren hatte er ein gewaltiges Vermögen eingebüßt.

Als der Sohn zwölf Jahre alt war und tatsächlich in die Kreisschule aufgenommen wurde, brannte die Pfandleihe des Vaters ab, und der Verlust belief sich auf einige zehntausend. Als der Sohn drei Jahre später die Prüfung zum Magister bestand, schaffte der Vater sieben Seeschiffe an, die allesamt untergingen. Weil die Hinterbliebenen seiner Geschäftspartner ihn deswegen vor Gericht brachten, veräußerte er seinen reichen Besitz und bestach hoch und niedrig, damit er wieder freikam.

Im Jahr darauf bestand der Sohn die Prüfung mit dem Doktorgrad und wurde zum Anwärter für die Hanlin-Akademie ernannt. Als die goldverzierte Benachrichtigung eintraf, wohnte N. mit Frau und Nebenfrau schon in schäbigen Räumen zur Miete. Noch hoffte er, auf die Würde des Sohnes gestützt, die Familienverhältnisse wieder in Ordnung bringen zu können, aber nach einem halben Jahr starb der Sohn auf seinem Posten, und die ganze Familie kam vor Hunger und Kälte um. Die Prophezeiung des Daoisten hatte sich in vollem Umfang erfüllt.

Zikadien[110]

Dai Li war der Enkel des Gebietsvorstehers Fuzhai. Er hatte ein ungezwungenes Wesen und war nachlässig in bezug auf sein Äußeres. Er las gern im *Buch der Berge und Meere*[111] und in solchen Schriften wie den *Berichten über die Suche nach Geistern*[112] und den *Schilderungen von Wundern*.[113]

Eines Tages, als tiefer Schnee lag, hielt er betrunken Mittagsschlaf, als er einen hohen Beamten erblickte, der mit einem Hofschreiben in den Händen hereintrat und sagte: „Mein Fürst ruft Euch zu sich. Ich bitte um schleunigen Aufbruch."

Ohne zu fragen, wer der Mann war, brachte Dai seine Kleider in Ordnung und trat hinaus. Vor dem Tor erblickte er einen Sklaven, der mit einem kräftigen Pferd am Zügel und einer Bambuspeitsche in der Hand wartend da stand. Dai schwang sich in den Sattel, und der Beamte führte. Als sie zu einem Pavillon kamen, hielten sie, um kurz zu rasten. Da sah Dai, dass vor dem Pavillon ein Bach mit klarem grünlichen Wasser floss, in dem Tausende Lotosblüten sich spiegelten. „Wie kann das sein im tiefsten Winter?" wunderte er sich. „Es ist eben Herbstanfang", entgegnete der Beamte. „Das ist nicht wahr!", fuhr Dai ihn an, aber lächelnd erwiderte der Beamte: „Ihr seid ein chinesischer Gelehrter, habt wenig gesehen und wundert Euch über vieles. Wenn ich darf, werde ich Euch eine kurze Erläuterung geben."

Dai stimmte zu, und der Beamte erklärte ihm: „Unser Land liegt 47 000 Li von China entfernt und heißt Zikadien. Ein Tag entspricht bei uns einem Jahr, morgens ist Frühling, mittags Sommer, abends Herbst und nachts Winter. Eine Jahreszählung haben wir nicht, unsere Zeitrechnung orientiert sich am Aussehen der Pflanzen in den vier Jahreszeiten. Wenn jetzt die Lotosblumen hervorkommen, ist bei uns Herbstanfang und in China früher Nachmittag." Tief erstaunt, wollte Dai sich noch weiter erkundigen, aber plötzlich sprang der Beamte erschrocken auf und sagte: „Über unserm Gespräch ist der Nordwind kalt und heftig geworden."

Dai schaute sich um und stellte fest, dass die Lotosblumen tatsächlich die Blüten verloren hatten, während ein paar alte Zieraprikosen vor dem Pavillon Knospen getrieben hatten. Es sah auch allmählich nach Eis und Schnee aus.

Der Beamte drängte zum Aufbruch, also stieg Dai in den Sattel und ritt weiter, bis er eine Stadtmauer erblickte. Auf der Tafel oben am Tor stand geschrieben Yannian. Die Kleidung von Männern und Frauen ähnelte ein wenig der chinesischen Tracht, um den Hals trug jeder ein goldenes Amulett in Form eines Schlosses,[114] das ein Bittgebet um Langlebigkeit darzustellen schien.

Da es bereits Abend war, übernachteten sie in einem Gasthof. Am nächsten Tag erreichten sie den Palast, und der Beamte begleitete Dai zur Audienz. Zuerst berichtete er, sein Auftrag sei erfüllt. „Im vergangenen Sommer bist du aufgebrochen, und in diesem Frühjahr erst meldest du dich zurück", tadelte ihn der Fürst. Der Beamte gestand seinen Fehler ein und bat um Vergebung. Als Dai das hörte, wurde ihm klar, dass während sie übernachtet hatten, ein neues Jahr angefangen hatte. Dann fiel er vor dem Thron auf die Knie, und der Fürst erhob sich, um ihm aufzuhelfen. „Weiß er, warum Wir ihn hergebeten haben?" fragte er.

„Ich Unwissender bin ein Dummkopf, der keinen Durchblick hat", antwortete Dai. „Ich bitte um klare Anweisung."

„Wir haben eine leibliche Tochter, für die Wir noch keinen passenden Ehemann hatten finden können", sagte der Fürst. „Da Wir ein Bewunderer seiner hohen Tugend sind, möchten Wir sie ihm zur Frau geben."

Dai schlug mit der Stirn auf den Boden und dankte. Währenddessen zog aus einem Winkel des Saals ein milder Lufthauch heran, es wurde wohl wieder Sommer. Nun ordnete der Fürst an, Dai dürfe im Teich der reinen Wogen an der Kühlespendenden Halle ein Bad nehmen. Dann bekam er Kleider aus feiner Eisseide sowie eine Lotoskappe und wurde ins Palais der paarigen Wolken geführt, um mit der Prinzessin das Hochzeitsritual zu vollziehen. Hier war der Himmel wie Brokat und die Erde wie Stickerei, Phönixe und andere Geistervögel flöteten und pfiffen. Im zwölfstöckigen Feenpalast aus Jade konnte es nicht so sinnbetörend sein wie an diesem Ort.

Als Dai in die hinteren Palasträume geführt wurde, sah er, dass die seidigen Haarwolken der Prinzessin zu einem hohen Knoten frisiert waren, in dem seitlich ein kleiner Zweig roter Duftblüten steckte. Mit gesenktem Kopf sagte sie: „Es ist bereits Spätherbst." Daraufhin waren die Palastdienerinnen dem Prinzgemahl behilflich, Kopfbedeckung und Kleidung zu wechseln, und dann wurde im Pavillon des Himmelsdufts ein Festmahl gehalten.

Nachdem drei Runden getrunken waren, erhob sich die Prinzessin und reichte dem Prinzgemahl einen Becher. Dazu sang sie:

> „So kurz ist das menschliche Leben,
> drum gehört zum Trunk auch Gesang.[115]
> Gesang wohl, aber kein Rausch.
> Und wer, sagt mir, ist diese Schöne?"

Dai antwortete darauf mit dem Lied von den köstlich aromatischen Osmanthusblüten, aber die Prinzessin sagte lächelnd zu ihm: „Ihr meint wohl, es wäre noch Herbst, mein Gemahl?" Sie ließ von den Palastdienerinnen die Vorhänge einrollen, und da stellte sich heraus, dass Eiszapfen am Dachvorsprung hingen und Schnee die Kamelienbüsche bedeckte. Also wurde die Tafel aufgehoben, und mit roten Hochzeitskerzen geleitete man das Paar ins Schlafgemach. Nachdem die Dienerinnen sich entfernt hatten, drängte Dai die Prinzessin, sie solle ihren Putz ablegen. „Ist mein Bräutigam trotz seiner mehr als dreißig Jahre immer noch so stürmisch?" fragte die Prinzessin lächelnd. Und Dai erwiderte, ebenfalls lächelnd: „Hier ist ein Tag ein Jahr, darum ist ein Viertelstündchen dieser Frühlingsnacht wahrhaftig tausend Liang Silber wert.“[116]

Die Prinzessin antwortete mit einem Lächeln darauf, dann löschte sie die Kerzen und stieg ins Bett. Gemeinsam genossen die beiden unter bestickter Decke denselben Traum.

Als am nächsten Morgen eben die Sonne aufging, kamen die Palastdienerinnen gelaufen, und jede von ihnen wollte die Erste sein, die berichtete, dass die Zierapfelbäume blühten. Ein Eunuch erschien im Auftrag des Fürsten, um den Prinzgemahl zum Kirschfestessen zu bitten. Alle Beamten von der dritten Rangstufe an aufwärts nahmen daran teil. Wenig später brachte ein kleiner Palastdiener auf einem mehrfarbigen Tablett bunte Amulettschnüre, und der Fürst ließ anspannen und befahl dem Prinzgemahl, er solle ihn zur Pferdeschwemme begleiten, um dort das Wettrudern anzusehen.[117] Die Boote waren aus dem Holz der Magnolie, die Ruder aus dem der Kassie. Bestickte Fahnen und farbenfrohe Banner wehten, Fisch- und Drachenspiele wurden getrieben.

Während Dai nach den Booten schaute, die beim Klang von Flöten und Trommeln auf und ab fuhren, sah er, wie sich die Weidenbäume an den Ufern allmählich gelb färbten, und schon befahl der Fürst, sie wollten zurückfahren. Den ganzen Weg über waren an den prächtigen Häusern die Perlenvorhänge hoch aufgerollt, und vor allen Sitzen waren Melonen aufgebaut. Es war eben der Tag, an dem Frauen und Mädchen Nadeln einfädeln und um Geschicklichkeit beten.[118] Der Fürst befahl, langsamer zu fahren und wies lächelnd mit der Hand auf die Feiernden, während die Wagen im Schritt dicht nebeneinanderher fuhren. Wenig später kamen Wind und Regen auf, und der Fürst sagte zum Prinzgemahl: „Wahrhaftig – ‚Wind und Regen erfüllen die

Stadt, wenn der 9. 9. naht'."[119] Und eilig ließen sie den Pferden freien Lauf, um nach Hause zu kommen.

Als sie eben den Palast betraten, stürzten Dienerinnen herbei mit der Meldung: „Die Prinzessin hat einen Sohn geboren und lässt Euch zum Freudenmahl bitten."

Der Fürst ordnete an, der Prinzgemahl solle hingehen und sich das Kind anschauen. Dai fand die Prinzessin auf dem Bett am warmen Ofen und sah zu, wie der Knabe nach Streitaxt und Amtssiegel griff[120] und wie man ihn weinen ließ, um nach dem Klang seiner Stimme zu orakeln. Es war wirklich ein Prachtjunge, und so bekam er den Namen Aying („der Prächtige").

Von nun an saß Dai Tag für Tag im Palast, spielte mit seinem Sohn und tändelte mit seiner Frau. Noch war kein halber Monat vergangen, da wurde Aying großjährig. Ein paar Tage später starb der Fürst, und Dai übernahm die Regentschaft. Eines Tages entdeckte er, dass die Prinzessin Runzeln im Gesicht hatte und dass ihr Schläfenhaar weiß wurde. „Ich bin in die Jahre gekommen", sagte sie, „und möchte bitte Nebenfrauen für dich aussuchen." Und sie wählte unter den Töchtern aus gutem Hause, um ihm den Harem zu füllen.

Als sie eines Nachts zusammen im Mandarinenpalast saßen und über vergangene Zeiten sprachen, fragte Dai plötzlich: „Seit wieviel Tagen bin ich schon hier?"

„Seit zweiundsechzig Jahren", antwortete die Prinzessin.

„Mach keine Scherze", bat er „Ich kann mich noch genau erinnern, als wir uns Liebe und Treue versprachen, habe ich mich heimlich gekratzt, weil es juckte. Du lagst auf dem Rücken, und als ich aufsprang und zu dir trat, hast du lächelnd gesagt: ‚Den Holzsteg an der Felswand wollte ich schützen, doch erreicht habe ich, dass du den Fluss bei Chencang überquerst.'[121] Wenn ich daran zurückdenke, dann ist mir, als sei es erst gestern gewesen."

„Für dich liegt das zwei Monate zurück, darum kannst du in allen Einzelheiten davon erzählen", sagte die Prinzessin mit lächelnder Miene. „Aus meiner Sicht aber ist es so, als fragte man den Greis aus dem Gebiet Jiang nach der Zahl seiner Jahre."[122]

Betrübt ließ Dai den Kopf sinken und dachte nach. Auf einmal fiel ihm sein Heimatort ein, und er schlug der Prinzessin vor, er wolle mit ihr dorthin zurückkehren. Sie aber sagte: „Die Landschaft ist nicht dieselbe, und auch die Zeitrechnung ist eine andere. Kehr du nur einstweilen nach Hause zurück, aber begleiten kann ich dich nicht."

Am nächsten Tag übergab Dai die Herrschaft an Aying, packte seine Sachen und machte Reisepläne. Als die Prinzessin in der Frühlingsgemäßen Halle ein Abschiedsessen für ihn gab, sagte sie unter Tränen: „Ich stehe schon im Abend des Lebens und werde über kurz oder lang unter der Erde sein. Wenn du mich nicht meines Alters wegen verstößt, möchte ich, dass du wiederkommst." Dann aber fuhr sie fort: „Ehe man sich's versieht, ist das Leben zu Ende. Es wird wohl keinen Sinn haben, dass du zurückkommst." Auch Aying klammerte sich an den Vater, und die Tränen liefen ihm herunter.

Dai war tieftraurig und konnte sich einfach nicht losreißen. Doch als er erfuhr, dass alle Hofbeamten an der Poststation „Trauergesang der Zikaden" auf ihn warteten, um ihm das Geleit zu geben, hatte er keine andere Wahl, als weinend ade zu sagen.

Als er dann nach Hause kam, sah er seinen Körper leblos auf dem Bett liegen, umringt vom Hausgesinde, das ihn aufmerksam beobachtete. In gemessener Haltung stieg Dai aufs Bett, und sofort kam wieder Leben in seinen Körper. Er befragte das Gesinde, und da sagte man ihm: „Es ist jetzt zwei Monate her, dass Ihr in betrunkenem Zustand gestorben wart." Dai äußerte laut seine Verwunderung.

Weil er das Versprechen gegeben hatte wiederzukommen, ließ ihm der Gedanke daran keine Ruhe. Drei Monate später gelangte er im Traum zurück an jenen Ort. Er fragte nach der Prinzessin, und es hieß: „Sie ist schon vor achtzig Jahren gestorben und liegt am Berg der Schneckenfrisur begraben." Er fragte nach Aying, und man sagte ihm, auch er habe das Zeitliche gesegnet. Er fragte nach seinen damaligen Nebenfrauen und musste erfahren, auch sie seien alle schon tot. Die Hofbeamten schauten ihn an, und es war keiner unter ihnen, der ihn gekannt hätte. Daraufhin kehrte er bekümmert zurück, und als er aufwachte, sagte er seufzend: „Ein langes Leben voll Reichtum und Vornehmheit ist doch nur ein kurzer Augenblick. Wer einsichtig ist in dieser Welt, der kann es nicht anders betrachten."

Dann las er noch einmal das *Buch der Berge und Meere* sowie die *Berichte über die Suche nach Geistern*, die *Schilderungen von Wundern* und dergleichen Schriften mehr, aber nirgends fand er die Sache verzeichnet. Darum beauftragte er mich, sie niederzuschreiben, um sie all denen darzubringen, die gern über Unglaubliches sprechen.

Eine vom Schicksal vorherbestimmte Eheverbindung

Der Student Ding aus Zhenzhou wurde im Alter von siebzehn Jahren mit der Tochter einer Familie Wei verlobt, die aber jung starb, ehe er sie geheiratet hatte. Nun sollte mit einer altehrwürdigen Familie über eine Eheschließung verhandelt werden, und Ding suchte einen Wahrsager auf, um sich ein Orakel stellen zu lassen. „Es ist Euer Schicksal, dass Ihr keine Menschenfrau bekommt", eröffnete ihm der Wahrsager. „Ihr werdet einmal eine Tierfrau heiraten."

Empört sagte Ding: „Vielleicht bin ich kein guter Sohn, aber immerhin habe ich das Gesicht eines Menschen. Warum sollte ich mich erniedrigen, indem ich ein Tier zur Frau nehme?"

„Ich sage Euch, was das Schicksal verkündet, ein Irrtum ist ausgeschlossen", beharrte der Wahrsager.

Ding versuchte dann auf hunderterlei Weise, eine Frau zu finden, aber er hatte keinen Erfolg. Später reiste er zu seinem Vergnügen nach Chu, und während das Boot in der mittleren der drei Schluchten vor Anker lag, kletterten plötzlich Dutzende junger Affen die Felswand herunter und sprangen aufs Deck. Als die Schiffer sie mit lautem Geschrei verjagten, stiegen sie mit Säcken und Kästen die Felswand wieder hinauf und verschwanden.

Während alles noch vor Verwunderung seufzte, erschienen mehrere alte Affen, die eine geflochtene Sänfte trugen. Mit Ziehen und Schieben zwangen sie Ding, darin Platz zu nehmen, und die Schiffer konnten ihn trotz größter Kraftanstrengung nicht wieder befreien. Dann luden sich die Affen die Sänfte auf die Schultern und stiegen wie im Flug die abschüssige Felswand hinauf, bis sie zu ihrer Höhlenresidenz kamen, deren Eingang mit aufgeschichteten Steinen statt einer Tür verschlossen waren. Die Stufen davor waren aus Lehm geformt.

Ding stieg notgedrungen aus der Sänfte und betrat den Höhlensaal. Dort stand mit grüßend vor der Brust zusammengelegten Händen ein alter Mann und wartete auf ihn. Sein Aussehen war nicht abstoßend. „Bist du der Sohn von Ding Qingyun?" fragte er.

Als Ding dies bejahte, erklärte der Alte: „Ich bin ein Freund deines Vaters aus gemeinsamen Kindertagen. Als ich vor achtzehn Jahren hierher gereist kam, habe ich in die Familie Yuan[123] eingeheiratet und eine Tochter gezeugt, für die wir noch keinen geeigneten Ehepartner gefunden haben. Jetzt bist glücklicherweise du hier angereist, und so habe ich meinen Dienern befohlen, dir einen respektvollen

Empfang zu bereiten. Wenn du uns nicht als Artfremde verachtest, möchte ich die Eheschließung vornehmen."

Während Ding noch vor Angst zitterte, sich aber nicht zur Zustimmung entschließen konnte, kam plötzlich eine bejahrte Äffin zu ihnen heraus, und der Alte stellte sie mit den Worten vor: „Dies ist meine Ehefrau." Von der Seite her warf Ding einen kurzen Blick auf sie und stellte fest, dass sie grüne Augen und grellrote Wangen hatte. An den Backenknochen sträubten sich Haare wie die Stacheln eines widerborstigen Igels. Sie tuschelte lange mit dem Alten, aber was sie sagte, konnte Ding nicht verstehen.

Dann kam das geschmückte Mädchen mit einem Tuch über dem Kopf heraus, und der Alte führte die beiden zusammen und ließ sie die zeremoniellen Stirnaufschläge voreinander vollziehen. Anschließend geleitete er sie in eine gesonderte Höhle, und als Dai hier das Tuch auf dem Kopf seiner Braut anhob und einen scheuen Blick auf sie warf, zeigte sich, dass sie auch unterhalb der Stirn dicht mit buschigen Haaren bewachsen war. Von einem menschlichen Gesicht keine Spur. Wütend legte Dai sich zu Bett.

Gegen Mitternacht kam das Mädchen verstohlen zu ihm, da fuhr er sie an: „Wenn du wie ein Mensch leben willst, musst du warten, bis dein Fell abgefallen ist!" Beschämt zog das Mädchen sich zurück.

Am nächsten Tag besah sie sich dicht am Rande des Abgrunds im Spiegel und schien ihre Hässlichkeit sehr zu bedauern. Schließlich stürzte sie sich mit einem kräftigen Sprung in die Tiefe. Dai schrie laut um Hilfe, und die ganze Affenfamilie lief zusammen. Von Dai befehligt, zogen sie das Mädchen unter Aufgebot aller Kräfte aus der Schlucht und trugen sie in die Höhle. In eine Decke gehüllt, lag sie leblos da. Endlich verspürte sie Schmerzen am ganzen Körper, und als die Schmerzen nachließen, begann es sie zu jucken. Sie kratzte sich ein paarmal, da löste sich unter ihren Fingern das Haar von der Haut und ballte sich zusammen wie wirre Seide. Als sie nach einigen Tagen wieder aufstand, war ihr Gesicht makellos weiß wie Jade und überdies von vollendeter Schönheit. Sie glich regelrecht einem himmlischen Wesen.

Lächelnd sagte Dai: „Jetzt weiß ich, was der entscheidende Schritt vom Tier zum Menschen ist, man muss nur zusehen, dass man sich ein Mal von Grund auf ändert." Und dann teilte er seinen Schlafplatz mit ihr.

Als sie am nächsten Morgen den Vater des Mädchens aufsuchten, wurde der rein närrisch vor freudiger Überraschung, die Mutter aber sagte, als sie das Mädchen sah: „Eine ungehorsame Tochter habe ich geboren, dieser alte Esel hat Unordnung in unsere Art gebracht." Sie begann, auf ihren Mann zu schimpfen, und wollte sich auf die Tochter stürzen. Da holte der Alte rasch zwei Sänften, befahl der Tochter, sie solle ihrem Mann folgen, und ließ die beiden dorthin bringen, wo Dai abgeholt worden war.

Hier hatten die Schiffer, nachdem Dai verschwunden war, fast einen Monat lang geduldig gewartet. Als sie sahen, dass er jetzt mit einer schönen Frau wiederkam, freuten sie sich von Herzen, nahmen die beiden an Bord und segelten weiter.

Als Dai auf der Rückreise aus Chu wieder an die nämliche Stelle kam, wollte seine Frau ihren Vater besuchen, aber die Felswand war so hoch und so steil, dass kein Hinaufkommen war, und so machte sie unter Tränen kehrt.

Der Glücksrabe

Der volkstümlichen Überlieferung nach verkünden die Elstern Glück und die Raben Unglück. Darum machen alle ein fröhliches Gesicht, wenn die Elstern schreien, aber sobald sie einen Raben krächzen hören, jagen sie ihn ärgerlich fort. Ich dagegen liebe nur die Raben und verabscheue die Elstern.

In unserm Hof steht seit alter Zeit ein Schnurbaum, in dessen Wipfel ein Rabe sein Nest hatte. Wenn es sich traf, dass es am Morgen regnete oder am Abend schneite, so dass er sich nichts zu fressen suchen konnte, tat ich ihm unbedingt Reiskörner als Futter in den Hof. Jeden Morgen, wenn eben die Sonne aufging, stellte der Rabe sich zu ihrer Begrüßung in Positur. Dann strich er sich über den Hals und die Flügel, hob den Schwanz und drehte den Kopf nach den Seiten. So brachte er sein Aussehen voll zur Geltung. Nur eine schöne Stimme hatte er nicht. Ich klatschte oft in die Hände und rief aus voller Kehle, um ihn zu necken, er aber blieb trotzdem sehr schweigsam.

Am Neujahrstag des 25. Jahres des Sechzigerzyklus [18. Februar 1768] kam er schreiend ins Haus geflattert und blieb drei Tage und drei Nächte darin. Im Herbst dieses Jahres konnte ich meinen Erfolg bei der Prüfung auf Provinzebene bekanntgeben. Als ich dann im 26. Jahr des Sechzigerzyklus [1769] an der hauptstädtischen Prüfung teilnahm, warteten meine Angehörigen ungeduldig auf die goldverzierte Siegesmeldung. Wenn sie morgens aufstanden, stellten sie sich mit ehrfürchtig vor der Brust zusammengelegten Händen unter den Baum und hofften, der Rabe werde Freudentöne von sich geben. Er aber drehte am Ende den Kopf weg und kümmerte sich nicht um sie. Tatsächlich kam ich als Gescheiterter zurück.

Im Frühjahr des 40. Jahres des Sechzigerzyklus [1783] war lautes Rabengekrächze zu hören, und in diesem Jahr wurde mein jüngerer Bruder Zhisheng[124] Bester bei der Provinzprüfung. Daraufhin stellte ich Futter in den Hof, rief den Raben herbei und sagte zu ihm: „Fünf Mal bin ich durch die Prüfung gefallen und träume nicht mehr von einer Beamtenlaufbahn. Von heute an werde ich dich nicht mehr belästigen. Wenn aber mein Bruder die hauptstädtische Prüfung bestanden hat, musst du all deinen Mut und all deine Kraft zusammennehmen und dich anstrengen, wie ein Phönix zu singen." Der Rabe nickte zweimal dazu.

Im Winter darauf zerstörte ein Sturm das Rabennest und brach dem Raben den linken Flügel, der daran einging. Im 44. Jahr des Sechzigerzyklus [1787] kam mein Bruder mit dem Doktorgrad nach Hause, und Hunderte Elstern versammelten sich schreiend an unserem Tor. Da gedachte ich des Raben und seufzte tagelang.

Die Elstern wissen wohl nur um vollendete Tatsachen, die Raben aber durchschauen einen schon, bevor es so weit ist. Darum habe ich dies aufgeschrieben, um es all jenen auf der Welt mitzuteilen, die die Raben verabscheuen und die Elstern lieben.

Eine Hausmagd bringt Räuber zur Strecke

Herr N. aus Guangdong war Provinzrichter in Henan. Dort war ein gewisser Nie fälschlich wegen Mordes verurteilt worden. Herr N. rehabilitierte ihn, und zum Dank dafür schenkte ihm Nie seine Tochter Shu'er („Bücherkind" oder aber „Büchelchen") als Sklavin. Angesichts dessen, dass es Nies aufrichtiger Wunsch war, nahm Herr N. das Geschenk an.

Herrn N.s Frau war streng zu ihrem Gesinde. Shu'er musste nicht nur ausfegen, sie erhielt auch Unterricht in Nadelarbeiten, und weil sie sich als unfähig erwies, diese zu erlernen, bekam sie täglich die Peitsche zu kosten. Dann senkte Shu'er den Kopf und ließ es gehorsam über sich ergehen.

Später wurde Herr N. eines Fehlers bei der Amtsführung wegen seines Postens enthoben und kehrte in die Heimat zurück.

In jener Zeit hausten im Jujubenwald Räuber, deren Hauptmann sich Liu Biao der Zhang-Qing-Bezwinger nennen ließ. Er war geschickt im Umgang mit der Sternschnuppenschleuder und verstand es, in schneller Folge fünf Kugeln so abzuschießen, dass keine einzige danebenging. Ihm zur Seite stand Zhu Jian mit der Eisenkrücke, der seine Waffe so gekonnt handhabe, dass er damit eine massive Steintrommel vor dem Palast der Gottheit des Nordens[125] in tausend Splitter zerschlagen hatte. In den Bergwäldern gut verschanzt, trieben sie ihr Unwesen, und die zu ihrer Bekämpfung eingesetzten Beamten wagten nicht einmal, ihnen Auge in Auge gegenüberzutreten.

Herr N. wusste über die Räuber Bescheid, darum war er auf alles gefasst, als sie sich auf den Weg machten. In der Abenddämmerung zischte dann auf einmal ein Pfeil durch den Wald. Herrn N. schlotterten die Glieder, seine Frau wurde erdfahl im Gesicht, und auch die gesamte Dienerschaft erbleichte. Shu'er aber kam seelenruhig näher und sagte: „Wie kann sich dieses nichtswürdige Rattengezücht unterstehen, die Reisegesellschaft unseres Herrn zu belästigen? Wenn denen nichts liegt an ihrem Leben, will ich ihnen gern den Garaus machen. Reitet Ihr bitte weiter, Herr!"

Und sie ritt unbewaffnet zu den Räubern hinüber und rief sie an: „Wisst ihr, wer Nie Shu'er aus Henan ist?"

Hohnlachend erwiderte der Räuberhauptmann: „Uns interessieren nur Münzchen und Scheinchen, was sollen wir mit einem Büchelchen?"

„Dein letztes Stündlein hat geschlagen, und da machst du noch Witze?" gab Shu'er zornig zurück.

Nun geriet auch der Räuberhauptmann in Zorn und schoss plötzlich mit seiner Schleuder eine Kugel ab. Shu'er spreizte zwei Finger der rechten Hand und fing die Kugel auf. Die nächste Kugel kam geflogen, und Shu'er fing sie mit der linken Hand auf. Als die dritte Kugel geflogen kam, streckte sie ihren lächelnd geöffneten Mund vor und fing sie zwischen den Zähnen auf. Erschrocken schoss der Räuberhauptmann die vierte Kugel ab, da legte sich Shu'er rücklings auf den Pferderücken und fing die Kugel zum Spaß zwischen ihren Lotosfüßchen auf. Die fünfte Kugel kam geflogen, und Shu'er schleuderte ihr die vorige Kugel mit den Füßen entgegen. Peng – machte es, und beide Kugeln flogen dreißig Schritt weit davon.

Dann schwang sich Shu'er wieder in eine sitzende Haltung empor, spie die Kugel aus, die sie im Mund hatte, und fragte mit lautem Lachen: „Ist das alles, was ihr könnt, ihr Räubergesindel?"

Der zweite Räuber kam näher und fuchtelte mit der Eisenstange. Shu'er riss sie ihm aus der Hand, bog sie zu einer Spirale zusammen, als wäre sie weich wie Seidenwatte, und warf sie auf die Erde. Dazu sagte sie lachend: „Du machst dich ja lächerlich, wenn du glaubst, mit Mamas Schürhaken die Leute einschüchtern zu können."

Die Räuberhauptleute wurden blass, und schon schleuderte Shu'er links und rechts die Kugeln, die sie aufgefangen hatte, gegen sie, da fielen sie beide tot um. Die übrige Räuberbande warf sich reihenweise vor Shu'ers Pferd auf den Boden, und jeder bettelte unter Stirnaufschlägen um sein Leben. „Ihr seid es nicht wert, dass ich mir die Hände an euch beschmutze", sagte Shu'er und befahl ihnen, zu verschwinden.

Anschließend ritt sie gelassen zu ihrer Reisegesellschaft zurück und meldete Hern N.: „Im Schatten Eures Glücks und unter Eurem Schutz und Schirm ist mir die Erfüllung meiner Aufgabe gelungen." Herr N. und seine Frau staunten nicht schlecht. Anschließend fragten sie: „Wenn du über solche Fähigkeiten verfügst, warum konntest du dann nicht mit der Nadel umgehen?"

„An Lanze und Schwert war ich schon mit elf oder zwölf Jahren gewöhnt", gab Shu'er Auskunft. „Wenn ich eine Nadel in die Hand nahm, wusste ich nichts damit anzufangen, darum konnte ich es nicht erlernen."

„Und warum hast du es gesenkten Hauptes ertragen, wenn du ausgepeitscht wurdest?" wollten Herr N. und seine Frau wissen.

„Mein alter Vater hatte befohlen, ich solle Euch Eure große Güte vergelten, Herr", sagte Shu'er. "Wenn ich gelegentlich eine kleine Kränkung erfuhr, habe ich mich an die Regel gehalten, dass man Unrecht mit Gerechtigkeit vergelten soll.[126] Wie hätte ich mich erdreisten können!"

Da war auch die Herrin froh, und nachdem sie am Wohnsitz der Familie N. angekommen waren, empfahl sie ihrem Mann, Shu'er zu seiner Nebenfrau zu machen.

Shu'er gebar dann einen Sohn, der später in Yunnan Kreisvorsteher wurde und oft an der Spitze seiner Leute in die Berge zog, um Räuber zu fangen. Er hatte viel von der Art seiner Mutter.

Ein übler Gast macht der Ausschweifung ein Ende

Der alte Mönch Pujing im Goldbergkloster[127] hielt einen Affen mit reinweißem Fell, den er am Tage in der Haupthalle mit den Buddhastatuen einschloss, damit er die Lehrvorträge mit anhörte. Eines Nachts riss sich der Affe von seinem Strick los und verschwand. Seufzend sprach der Mönch: „Das sündige Tier hat seinen ausschweifenden Sinn noch nicht abgelegt und wird bestimmt ins Verderben rennen. Die Verdienste von zwanzig Jahren sind restlos vergeudet."

Zufällig wohnte in Tiewengcheng ein Gastkaufmann aus Shaanxi, der viele schöne Nebenfrauen besaß. Auch seine Sklavenmädchen und Dienerinnen waren ansehnlich. Eines Tages klopfte ein junger Mann von zwanglosem Benehmen bei ihm an, der sich unter dem Familiennamen Shen vorstellte und darum bat, in einem Gartenpavillon Ruhe suchen zu dürfen, weil er unter dem Getümmel der Welt leide.

Nun hatte der Kaufmann seit jeher eine Neigung zum eigenen Geschlecht, und weil er sah, dass der junge Mann schön von Angesicht war, stimmte er zu. Am Abend kam er zu ihm ins Zimmer und stellte fest, dass er weder Decke noch Polster auf dem Bett hatte.[128] Lächelnd sagte er: „Euer Bett ist kalt wie Eis, und in den Kleidern schläft es sich schlecht. Wenn Euch mein Körper nicht zuwider ist, werde ich mit meinem Bettzeug zu Euch kommen."

Der junge Shen erklärte sich einverstanden, und so befahl der Kaufmann einem Sklaven, er solle ein brokatbezogenes Unterbett und eine Schlafdecke aus mattgelber Seide holen und dann verschwinden. Anschließend zog er den jungen Shen aufs Bett und verging sich in aller Heimlichkeit an ihm.

Hinterher sagte der junge Shen: „Nachdem ich von Euch missbraucht worden bin, will ich in Zukunft die Nummer eins bei Euch sein und als Frau angesehen werden." Darauf erwiderte der Kaufmann: „Wenn du mich wirklich magst, will ich dich in die Schar meiner Frauen einreihen. Wie würde ich es wagen, dich wie eine außer Hause wohnende Geliebte zu behandeln!"

Von da an ging der junge Shen in den Frauengemächern des Kaufmanns ein und aus, ohne dass der Kaufmann ihn daran hinderte, und schlief nach und nach erst mit seinen Sklavenmädchen und Dienerinnen und schließlich auch mit seinen Nebenfrauen. Waren es anfangs noch

Nachtgefechte, trieb er es später ungeniert am hellichten Tag und kannte dabei nicht das mindeste Tabu.

Weil der Kaufmann ihn erst so begünstigt hatte, brachte er es nicht fertig, ihn jetzt mir nichts, dir nichts vor die Tür zu setzen. Als ein vertrauter Freund ihn besuchte, beriet er sich heimlich mit ihm, und der Freund sagte: „Schuld bist wirklich nur du, weil du dem Banditen Tür und Tor geöffnet hast. Wenn du seinem sündigen Tun ein Ende setzen willst, musst du ihm zuerst das Tatwerkzeug nehmen."

„Soll ich ihn kastrieren?" fragte der Kaufmann.

„Nimmt man denn, um ein Huhn zu schlachten, ein Messer, das für einen Ochsen bestimmt ist?",[129] entgegnete ihm der Freund.

Als der Kaufmann nicht lockerließ, sagte der Freund: „Man kann ihn ganz ohne Klinge entmannen, und der Dummkopf wird dessen nicht einmal gewahr werden."

Der Kaufmann bat um den Plan, und der Freund erklärte ihm: „Es gibt hier eine Hure, die Xuegou („Schneehündchen")[130] genannt wird und deren Unterleib völlig verseucht ist. Die sollten wir herbitten."

Der Kaufmann stimmte zu, und bald darauf war Xuegou zur Stelle. Ihr Mund war geschminkt, ihr Gesicht gepudert; sie war eine Großmeisterin der käuflichen Liebe. Der Kaufmann brachte sie in seinem Harem unter und ließ sie in der Nacht bei dem jungen Shen schlafen. Der war tatsächlich hocherfreut, als er Xuegou bekam, denn sie stammte aus dem Freudenhaus und war seit langem geübt in allen Schlafzimmerkünsten.

Weil der junge Shen kräftig drauflosging, teilte sich ihm das Gift früh und spät mit, ohne dass er es auch nur im Geringsten bemerkte. Nach weniger als einem halben Monat röteten sich dann allmählich seine Wangenknochen, und immer wieder steckte er die Hand in den Hosenbund, als ob er sich kratzen wollte, weil es ihn juckte. Als ein weiterer halber Monat vergangen war, zog er plötzlich die Augenbrauen zusammen und stöhnte vor Schmerz. Einige Tage später verabschiedete er sich, doch kam er regelmäßig alle zwei, drei Tage wieder und tat sich dann jedesmal mit Xuegou zusammen.

Bald darauf konnte er nicht mehr gehen und schleppte sich zusammengekrümmt am Stock ins Haus. Er nahm zwar Xuegou noch in die Arme, aber dann wälzte er sich die ganze Nacht hindurch von einer Seite auf die andere und war unfähig, den Beischlaf zu vollziehen. Also fasste Xuegou nach seinem Glied, um sich daran zu schaffen zu machen, und mit einem schmatzenden Geräusch fiel es ab. Der junge Shen schrie vor Schmerz laut auf, stieg aus dem Bett, langte nach seinem Stock und humpelte davon.

Xuegou besah sich im Lampenlicht, was sie in der Hand hielt, und erblickte ein Glied von reichlich fünf Cun Länge, bei dem Haut und Fleisch miteinander verklebt waren und das so blutig war, dass es aussah, wie mit Zinnober bestrichen. Von jetzt an kam der junge Shen nicht mehr.

Als jener Freund den Kaufmann wieder besuchte, sagte er lächelnd: „Die Strafe der Kastration ist vollstreckt, nur dass der Ort der Vollstreckung nicht das Gefängnis war, sondern hinter gestickten Bettvorhängen lag." Der Kaufmann bedankte sich schmunzelnd und verabschiedete Xuegou mit einer Belohnung von hundert Liang Silber.

Später wurde bekannt, dass auf der Spitze der Goldbergpagode ein toter weißer Affe mit verfaultem Unterleib gefunden worden war. Der alte Mönch begrub ihn am Fuß der Pagode und sprach dabei seufzend: „Welcher bösartige Mensch hat dich auf so grausame Weise getötet? Aber nun ist die Ausschweifung mit der Wurzel beseitigt, und du kannst dich mit reinem Körper zu den Drei Kostbarkeiten[131] bekehren."

Seinem Freund hatte der Kaufmann absolutes Stillschweigen über die Sache auferlegt, Xuegou dagegen hat in allen Einzelheiten darüber berichtet.

Das Duftmädchen aus der Hibiskusstadt[132]

Der Student Peng aus Zhenze führte in jungen Jahren ein freies und ungezwungenes Leben. Er liebte die Geschichte von Wen Xiao und Cailuan[133] und wünschte sich, ebenfalls eine Fee als Partnerin zu finden. Schon oft hatte er sich dem Befehl seiner Eltern widersetzt, wenn sie eine Braut für ihn ausgesucht hatten.

Eines Tages fuhr er mit einem kleinen Boot auf dem See, als er ein Blütenblatt vom Hibiskus entdeckte, das im Wasser trieb. Als er es herausgefischt hatte und anschaute, entdeckte er ein Gedicht darauf, das lautete:

> „Am Fuße des Berges die Wasser schwellen,
> dort denke ich unsrer Begegnung.
> Blüten zu brechen war mein Begehr,
> doch der Ostwind weht,
> und es ballen sich Nebel.
> Besser also, ich gehe nach Haus
> und träume in meiner Kammer,
> während draußen das Mondlicht
> die Schatten der Blüten malt."

Verwundert ging er an Land, wo er in hundert Schritt Entfernung Tausende Hibiskusbüsche erblickte, die wie ein Brokatvorhang wirkten. Dort angekommen, stieß er auf ein rotes Tor mit Messingringen daran, das auch jetzt am Tage geschlossen war. Dann ging der eine Türflügel auf und eine schwarzgekleidete alte Frau kam heraus, um Ausschau zu halten. „Da ist ja Herr Peng!", sagte sie und geleitete ihn hinein. Hinter der Ostseite einer phönixverzierten Blendmauer trat langsamen Schrittes ein junges Mädchen hervor. Als Peng rasch die zusammengelegten Hände grüßend vor die Brust erhob, sprach sie ihn an: „Ich bin das Duftmädchen aus der Hibiskusstadt. Obwohl ich mich schon lange in der Welt des Staubes aufhalte, war ich noch keinem tüchtigen Jüngling begegnet. Weil mir bekannt ist, dass Ihr seit jeher eine Verbindung mit einer unsterblichen Fee anstrebt, habe ich mit Hilfe meines Geschmiers Euer Boot hier zu diesem Pfirsichblütenquell[134] gelenkt."

Darauf erwiderte Peng: „Wenn Ihr mir dazu verhelft, dass ich der Verwandte von Unsterblichen werde, und mich aus Profanität und Dummheit herausholt, habe ich nichts dagegen, mein Leben lang Euer Sklave zu sein."

„Ihr seid wahrhaftig ein Narr Eurer Gefühle", bemerkte das Mädchen lächelnd und befahl der schwarzgekleideten Alten, das innere Zimmer auszufegen und zwei Betten darin aufzustellen, damit es als Schlafgemach dienen konnte. Als es Nacht wurde, legte sich das Mädchen in der Ostecke des Zimmers zur Ruhe und forderte Peng auf, in die Westecke zu gehen. Daraufhin bat er: „Nachdem ich Euer blütenartiges Antlitz erblicken durfte, möchte ich auch Euren jadegleichen Körper liebkosen. Warum wollt Ihr mich fernhalten, obwohl die Wu-Berge doch so nah sind?"

„Bei den Unsterblichen vermählen sich Mann und Frau nur im Geiste", beschied ihn das Mädchen. „Wenn sie sich auch der körperlichen Liebe hingeben würden, müsste dann nicht Nongyu aus Qin[135] längst ein Kind haben? Aber bis jetzt piepst noch kein Phönixküken auf der Flötenterrasse."

Jetzt ging Peng einfach zu ihr, um sie zu streicheln, doch es gelang ihm nicht, sich ihres Körpers zu bemächtigen.

„Ihr habt den Hauch des Gewöhnlichen noch nicht abgelegt", sagte das Mädchen. „Wenn Ihr unbedingt das Bett mit mir teilen wollt, fehlt noch etwas. Morgen werde ich ein Elixier mischen, das einen neuen Menschen aus Euch macht. In drei Monaten wird es fertig sein, und erst nachdem Ihr es eingenommen habt, steht einer freudigen Vereinigung nichts mehr im Wege."

Ohne sein Ziel erreicht zu haben, kehrte Peng in sein Bett zurück.

Am nächsten Morgen ging das Mädchen nach dem Aufstehen in den Bergen Kräuter sammeln, tat sie in den Drogenkessel und befahl Peng, er solle früh und spät darüber wachen. Daraufhin öffnete er Tag für Tag die Ofentür, um nach dem Feuer zu sehen, und so warf das Mädchen ihm lachend vor: „Ihr wilder Jüngling seid ungeduldig."

„Der Hungrige giert nach Nahrung, der Durstige nach einem Trank", gab Peng zurück, „und genauso ist es mit den Gefühlen des Menschen."

Während sie so miteinander scherzten, kam in einem Boot ein Bote mit einem dringenden Brief von Pengs Mutter gefahren, in dem sie ihn aufforderte, nach Hause zu kommen, weil sein Vater gefährlich erkrankt sei.

Peng bedachte, dass in wenigen Tagen das Elixier fertig sein würde, das es ihm ermöglichte, die Schöne zu gewinnen und zu den Unsterblichen aufzusteigen, darum war er über den Brief seiner Mutter alles andere als erfreut. Als das Mädchen ihn drängte, für kurze Zeit nach Hause zu fahren und nach seinen Eltern zu sehen, sagte er: „Leben und Tod liegen im Schicksal begründet, welchen Nutzen brächte es also, wenn ich nach Hause führe? Außerdem ist mir des Elixiers wegen das Heimweh vergangen."

Empört hielt das Mädchen ihm vor: „Ihr kennt wohl das Gefühl eines Mannes gegenüber einer Frau, aber nicht das eines Sohnes gegenüber dem Vater. Damit habt Ihr nicht das Zeug zum Unsterblichen. Es wäre unnütz, wenn das Elixier auf dem Ofen fertig würde und Euch zu einem neuen Menschen machte." Und ungesäumt zerstörte sie den Ofen.

„Auch wenn ich Euch nicht nahekommen darf, hoffe ich doch, Ihr werdet mich unter die Unsterblichen führen", bat Peng. Aber das Mädchen sah ihn nur wütend an und schwieg. Im nächsten Augenblick verwandelte sich die schwarzgekleidete Alte in einen bunten Phönix, den das Mädchen bestieg, um sich in die Luft zu erheben. Dabei seufzte sie: „Dieser Bursche ist absolut herzlos. Ist denn der oberste Himmel ein Land ohne Väter?"

Während sie langsam zwischen den Wolken verschwand, wurden die Blütenbüsche und das Haus mit einem Mal unsichtbar, und auch der Mann mit dem Boot war weg. Nachdem Peng lange bereut hatte, suchte er sich einen Weg, der ihn nach Hause führte.

Hochzeit mit einem Totengeist

Qiu Shu aus Fufeng, der den Ehrennamen Lingyi trug, hatte schon im Kindesalter den Vater verloren. Der Stiefvater war sehr streng zu ihm. Als ihm eines Tages versehentlich der jadene Gürtelanhänger des Stiefvaters zerbrach, bekam er es mit der Angst zu tun und lief fort. Am Abend suchte er Zuflucht in einer Schlucht und konnte im Dämmerlicht des Mondes und wegen des ausgedehnten Gestrüpps keinen Unterschlupf finden. Dann glaubte er, mehr als hundert Schritt vor sich ein Dorf zu erkennen, und fand, als er dort ankam, eine Bretterhütte mit Bambustür. An beiden Türflügeln waren Ringe aus Messing. Als er anklopfte, wurden sofort beide Türflügel geöffnet, und ein alter Mann trat heraus, der ihn fragte: „Warum klopft Ihr spät in der Nacht, Fremder?"

Qiu erzählte, was vorgefallen war, und der Alte ließ ihn ein. Nachdem sie sich gesetzt hatten, erkundigte sich der Alte nach Qius Namen und Sippe, worüber dieser wahrheitsgemäß Auskunft gab. Da sagte der Alte zornig: „Du bist mein Feind!"

„Ich habe es mein Lebtag nicht an Respekt und Dienstfertigkeit fehlen lassen", erwiderte Qiu. „Ich weiß nicht, wodurch ich mich schuldig gemacht hätte."

Nun erklärte ihm der Alte: „Ich entstamme einer altangesehenen Familie aus Yanling und war von Kindesbeinen an mit deinem Vater befreundet. Darum hatte ich, als meine leibliche Tochter noch klein war, versprochen, dass sie deine Frau werden sollte. Doch diese Absprache wurde nicht eingehalten, nachdem dein Vater aus der Welt gegangen war. Das hat meine Tochter sehr verbittert, und sie ist bis heute noch ledig. Ich kann nicht anders als zähneknirschend darüber sprechen."

Während Qiu nichts darauf zu erwidern wusste, kam plötzlich eine alte Frau zu ihnen heraus und sagte: „Die Schuld liegt bei seinen Eltern. Was hat er damit zu tun? Wenn er nichts dagegen hat, unser Schwiegersohn zu werden, kann aus der Feindschaft noch Freundschaft werden."

Das Gesicht des Alten hellte sich ein wenig auf, und er schaute Qiu erwartungsvoll an.

„Wenn es wirklich diese Absprache mit meinem verstorbenen Vater gibt, werde ich nicht wagen, ihr zuwiderzuhandeln", verkündete Qiu.

Nun herrschte große Freude, und sofort wurde die Tochter feingemacht und zu Qiu herausgeführt. Sie hatte klare Augen und weiße Zähne und war von einmaliger Schönheit. Sie musste dann mit Qiu die zeremoniellen Stirnaufschläge wechseln, und anschließend wurden sie beide ins innere Schlafgemach geführt.

Zwischen Decke und Kissen erkundigte sich Qiu nach den näheren Einzelheiten ihrer Verlobung von ehedem, aber seine Braut beschied ihn: „Frag deine Mutter danach, wenn du wieder zu Hause bist, dann wirst du alles erfahren. Ich handle wirklich nicht in schlechter Absicht, wenn ich mich dir als Frau anbiete." Daraufhin ließ Qiu das Thema ruhen.

Noch bevor es Morgen wurde, drängte die junge Frau, Qiu solle nach Hause zurückkehren, er aber sträubte sich mit den Worten: „Wie sollte ich es fertigbringen, dich so kurz nach der Hochzeit plötzlich zu verlassen?" Da sagte sie unter Tränen: „Nachdem ich von deiner Familie verstoßen worden war, hatte ich geglaubt, bis in alle Ewigkeit meinen Mädchenkörper behalten zu müssen. Was mich jetzt trotz dieser Schmach fröhlich stimmt, ist die Hoffnung, durch das glückliche Zeremoniell dieser Nacht die Stellung errungen zu haben, die mir zukommt, damit meine Gebeine eines Tages im Grab deiner Ahnen ruhen können. Unsere Sache zu Ende zu führen vermag ich wirklich nicht. Hier gebe ich dir einen jadenen Gürtelanhänger, der deiner Mutter gegenüber als Beleg dienen soll."

Als Qiu sich das Jadestück ansah, stellte er fest, dass es sich von dem, das er zerbrochen hatte, nicht unterschied. Während er sich immer noch nicht von seiner Frau losreißen konnte, hörte er die Schwiegereltern rufen, sie warteten an der Tür, um ihm das Geleit zu geben. Also drückte er seiner Frau die Hand und verabschiedete sich unter

Tränen. Im ersten Morgengrauen führte ihn der Schwiegervater auf den richtigen Weg.

Zu Hause angekommen, wurde Qiu von seinem Stiefvater mit lauten Vorwürfen überhäuft. Da reichte er ihm den jadenen Gürtelanhänger und schilderte, was er erlebt hatte. Seine Mutter prüfte das Schmuckstück immer wieder, dann erklärte sie: „Es stimmt, als dein Vater noch lebte, hatte er die Tochter der Familie Wu zu sehen bekommen, die eben neun Jahre alt und sehr schön war. Er wollte, dass sie einmal deine Frau wird, darum löste er im Scherz diesen Jadeanhänger von seinem Gürtel und band ihn ihr an. Nachdem er dann gestorben war, habe ich die Angelegenheit ganz vergessen. Später hörte ich, das Mädchen sei plötzlich gestorben und ihre Eltern habe der Kummer ebenfalls nacheinander ins Grab gebracht. Sie sind jetzt schon so lange unter der Erde, wie konnte es da zu einer Hochzeitsfeier kommen?"

Qiu bekam einen Riesenschreck. Am nächsten Tag suchte er sich den Weg zu dem Ort, wo er gewesen war, und fand dort eine verfallene Hütte, in der drei Särge standen. Weinend warf er sich zu einem Opfer davor auf die Erde, dann kehrte er nach Hause zurück.

Später bestand Qiu die Prüfung als Doktor und wurde leitender Beamter in einem Ministerium. Da ließ er den Sarg mit den sterblichen Überresten seiner Verlobten an den Begräbnisplatz seiner Ahnen überführen. Auch die Särge ihrer Eltern ließ er begraben. Er heiratete eine Tochter aus dem Hause Ji, die sehr tugendhaft war. Den Titel, der ihr verliehen wurde,[136] überließ sie der Toten, um so ihr Trachten zu belohnen.

Der spukende Büchergeist

In Jinling in der Chaoku-Straße wohnte der Sohn eines Mannes, dessen Familie über Generationen hinweg konfuzianische Gelehrte hervorgebracht hatte. Weil es diese über dem vielen Bücherlesen nicht zu Reichtum hatten bringen können, entschied er sich anders und wurde Kaufmann.

Als er zufällig einmal allein im Ladenlokal übernachtete, hörte er es am Kopfende des Bettes so lange seufzen, bis er es sich lautstark verbat. Dann war das Seufzen Nacht für Nacht wieder zu hören, und er ließ es durchgehen. Eines Nachts aber trat langsamen Schrittes ein Mann mit einer Gelehrtenkappe auf dem Kopf und roten Schuhen an den Füßen hinter dem Bett hervor. Seine Brauen waren gerunzelt, seine Stirn lag in Falten, er schien bekümmert zu sein.

Als der Kaufmann fragte, wer er sei, antwortete der Mann: „Ich bin der Büchergeist. Seit ich hier im Hause bin, wurde ich von deinem Großvater und deinem Vater stets mit freundlichen Augen angesehen. Ich hätte nicht gedacht, dass ich nicht mehr die alte Freundschaft erfahren würde, nachdem die Reihe an dich gekommen ist. Und wenn du dich auch letzten Endes von mir abgewandt hast, gab es doch glücklicherweise keine Feindschaft zwischen uns. Jetzt aber hält mich der Sklave des Geldes gefangen, so dass ich meines Lebens nicht mehr froh bin. Wird die Fessel um meinen Leib nicht bald abgenommen, dann fühle ich mich vom Gestank der Münzen in die Enge getrieben. Wenn die Prinzipien von Sitte und Ordnung untergehen, wird Unheil dich treffen. Gib acht, dass du nichts zu bereuen hast! Gib acht!"

Nachdem er zu Ende gesprochen hatte, verschwand er. Der Kaufmann stand rasch auf, nahm die Kerze und leuchtete alles ab. Dabei entdeckte er, dass am Kopfende des Bettes, achtlos hingeworfen, mehrere zerlesene Bücher lagen, die mit einer Schnur zusammengebunden waren, wie man sie zum Auffädeln von Bronzemünzen[137] verwendet. Sie mussten dort wohl schon seit mehr als zehn Jahren liegen.

Vor Zorn darüber, dass die Bücher gespukt hatten, steckte er sie in Brand. Wenig später wirbelte Asche und loderten Flammen, die auf das Haus übergriffen, so dass von den Dingen, die darin waren, nichts übrigblieb. Der Kaufmann ging später durch Armut zugrunde.

Der von seiner Frau beherrschte Kreisvorsteher[138]

Ein Kreisvorsteher war seiner Natur nach ein jämmerlicher Wicht. Zwölf Jahre nach Amtsantritt hatte er keinerlei Verdienste in der Verwaltungsarbeit vorzuweisen. Sein Erfolgsrezept bestand allein darin, sich bei den Vorgesetzten einzuschmeicheln.

Als ein Landsmann von ihm zum Gouverneur ernannt worden war und der Kreisvorsteher seine Karte abgab, um sich zu einem Besuch bei ihm anmelden zu lassen, waren auch alle anderen Beamten der Provinzverwaltung zugegen. Der Kreisvorsteher rief am Zeremonialtor laut seinen Namen, dann rutschte er auf den Knien bis in die Amtshalle, wobei er Hunderte und Tausende von Malen mit dem Kopf auf die Erde schlug, so dass auf seiner Stirn eine Beule wuchs, die reichlich so groß wie ein Hühnerei war.

Als er dann fertig war mit seinen Stirnaufschlägen, holte er Gold und Perlen aus seinem Ärmel hervor und legte alles verstohlen vor dem Platz des Gouverneurs nieder. Dann warf er sich der Länge nach auf den Boden und stand nicht wieder auf. Als der Gouverneur ein zorniges Gesicht dazu machte, hob der Kreisvorsteher den Kopf, um zu melden: „Ich betrachte Euch als meiner Wenigkeit

Vater, hoher Herr, und meine Wenigkeit als Euren Sohn. Wenn es Unzulänglichkeiten gibt, mögt Ihr mich zurechtweisen."

Nun erst recht zornig werdend, sagte der Gouverneur: „Diese Beleidigung ist zu arg!" Er warf dem Kreisvorsteher das Gold und die Perlen vor die Füße und schrie ihn an, er solle verschwinden.

Die anderen Beamten legten sich für den Kreisvorsteher ins Mittel, aber der Gouverneur eröffnete ihnen: „Ihr könnt das nicht wissen, er schmeichelt mir nicht, er treibt geradezu seinen Spott mit mir."

Da die Beamten nun gar nichts mehr begriffen, verriet er ihnen: „Ich bin sein Landsmann und kenne seit jeher seinen wunden Punkt, der darin besteht, dass er Angst vor seiner Frau hat. Wenn er morgens aufsteht, wünscht er ihr, in seine volle Amtstracht gekleidet, von ihrer Schlafzimmertür aus unter Stirnaufschlägen einen guten Morgen. Sobald sie sich gewaschen hat, rutscht er auf den Knien zu dem Tisch, auf dem ihr Schmink- und Frisierkästchen steht und schlägt Hunderte von Malen mit der Stirn auf den Boden, so dass es knallt, als ob ein Nachtwächter seine Holzklapper bearbeitet. Dann bringt er ihr Gold und Perlen und so weiter dar, damit sie sich Haarpfeile und Ohrgehänge davon machen lässt. Und sobald sie ein wenig finster dreinschaut, reicht er ihr respektvoll mit beiden Händen eine Dornenrute und ruft dabei laut: „Ich bitte um Zurechtweisung, meine Gattin!" Erst wenn sie ihn dann anschreit, geht er zitternd und bebend hinaus.

Was er hier eben zum besten gegeben hat, war genau dasselbe. Er hat mich also verspottet, indem er so mit mir umgegangen ist, wie er zu Hause mit seiner Frau umgeht. Wie sollten einem da nicht die Haare zu Berge stehen!"

Als jetzt die Beamten rote Ohren bekamen, sagte der Gouverneur mit lächelnder Miene: „Ihr müsst wohl alle an derselben Schwäche leiden. In Zukunft solltet Ihr Euch so betragen, wie es sich für einen Mann gehört, damit Ihr Euch als Beamte keinen Tadel zuzieht. Die Kunst, sich einzuschmeicheln, taugt zu nichts anderem als dazu, sich mit Schande zu bedecken."

Zustimmung murmelnd, zogen die Beamten sich zurück.

Die findige Ehefrau

Der Student Xiao aus Lanxi bekam im Alter von siebzehn Jahren die Tochter einer Familie Xing zur Frau, die ebenso schön wie klug war. Er saß dann tagtäglich in ihrem Gemach, tuschte ihr die Augenbrauen und strich ihr das Schläfenhaar zurecht, darüber vernachlässigte er sein Bücherstudium.

Eines Tages erblickte er neben dem Spiegel ein Gazeschränkchen, in dem die Figur einer Schönen stand, deren Haar nach Mädchenart offen herabhing. Sie hatte klare Augen und niedliche Grübchen, ihre Anmut war ohnegleichen.

Xiao erkundigte sich, wie sie hierher gekommen wäre, und seine Frau gab ihm lächelnd zur Antwort: „Ich habe sie um einen Brautpreis von zehn Hu Perlen als Nebenfrau für dich gekauft." Auf ihren Scherz eingehend, sagte Xiao: „Um deiner hochherzigen Absicht zu entsprechen, werde ich sie in meiner Studierstube auf dem Schreibtisch unterbringen, dann kann sie den Tuschereibstein für mich halten. Warum willst du sie an dein Toilettenkästchen fesseln, wo sie Tag für Tag zusehen würde, wie du dich schönmachst?"

Lächelnd befahl seine Frau einer Dienerin, das Schränkchen mit der Figur ins Bibliotheksgebäude zu tragen.

116

Eines Abends, als seine Frau ihn zu nächtlichem Studium gedrängt hatte, trat Xiao notgedrungen hinter die Vorhänge, die den Arbeitsbereich vom Wohnbereich der Bibliothek trennten, schneuzte den Lampendocht und legte die Bücher zurecht. Dann stellte er das Gazeschränkchen mit der Mädchenfigur auf den Schreibtisch und sagte: „Die Nachtstunden sind quälend lang, leiste du mir beim Lesen Gesellschaft! Wenn Ajiao[139]sich herabließe, zu mir zu kommen, würde ich sie heimlich in ein Haus aus Gold setzen."

Im nächsten Moment trat hinter dem Setzschirm ein Mädchen hervor und sagte lächelnd: „Ihr seid nachlässig, Herr Studiosus. Kaum dass Ihr Euer Buch zur Hand genommen habt, kommt Ihr auch schon auf lüsterne Gedanken."

Xiao ging ihr entgegen und musterte sie – sie war das genaue Ebenbild der Figur im Gazeschränkchen. Darum sagte er mit verschmitztem Lächeln: „Cui Hui[140] lässt sich also tatsächlich mit mir ein." Und rasch trat er näher, um sie in die Arme zu nehmen.

Errötend schob das Mädchen ihn zurück und sagte: „Nicht so stürmisch! Ich bin eine Hilfskraft aus der Himmelsbibliothek. Ihr seid schon in Eurer vorigen Existenz ein vielversprechender Jüngling gewesen, und weil der oberste Himmelsherr befürchtet, Ihr könntet Euch in den Frauengemächern Euren Gefühlen hingeben und leichtfertig darauf verzichten, über die Staatsprüfungen einen Beamtenposten zu erringen, hat er mir aufgetragen, bei Nacht hierher zu kommen und darüber zu wachen, dass Ihr Euch edlen Studien hingebt."

„Die Prüfungen zu bestehen, habe ich durchaus das Zeug", erwiderte Xiao. „Wenn ich nur deine Nähe genießen darf, werde ich mich auch anstrengen, einen hervorragenden Beamtenposten zu erlangen, um so deine große Güte zu vergelten."

„Was für ein ungestümer Verehrer du bist! Das Liebesglück möchtest du auf Kredit bekommen", gab das Mädchen zurück. „Ich will eine Vereinbarung mit dir treffen. Von heute an kannst du auf die Freuden einer Nacht nur dann rechnen, wenn du einen Schritt vorwärtsgekommen bist. Andernfalls ist jede Unzufriedenheit, die du äußerst, völlig sinnlos."

Xiao wollte sich ihrer mit Gewalt bemächtigen, aber da war plötzlich vom Fenster her ein Hüsteln zu vernehmen, und das Mädchen verschwand hinter dem Setzschirm.

Von Stund an büffelte Xiao hinter herabgelassenen Vorhängen. Als er noch im selben Jahr in die Kreisschule aufgenommen wurde, erschien das Mädchen tatsächlich und sagte mit vielversprechendem Lächeln: „Heute kann der Meister des Liebesspiels eine kleine Prüfung vornehmen." Xiao war selig und trieb es dann ausgelassen mit ihr. Außerdem erkundigte er sich nach ihrem nächsten Rendezvous. Da versprach das Mädchen: „Wenn mit dem Herbstwind zusammen die Siegesmeldung eintrifft, nähe ich mit eigener Hand das Grüne Gewand[141] aus Ramietuch für dich. Falls das dein Wille ist, dann streng dich an!"

Nun gab sich Xiao noch größere Mühe, und wirklich bestand er im Herbst die Prüfung auf Provinzebene. Wieder fand sich das Mädchen ein und gab sich ihm hin. Dabei sagte sie: „Nach unserer vorigen Begegnung hat meine Regel ausgesetzt, ich werde wohl über kurz oder lang niederkommen. Wie könnte ich da noch in die Gefilde der Unsterblichen zurückkehren? Wenn du die hauptstädtische Prüfung erfolgreich hinter dich bringst, will ich dir Tag und Nacht bei der Körperpflege aufwarten."

Hocherfreut strengte sich Xiao beim Studium noch mehr an, und so bestand er im neuen Jahr die vom Ministerium der Riten veranstaltete Prüfung.[142] Nachdem er auch noch die Palastprüfung glücklich absolviert hatte, bekam er einen Posten in der Hanlin-Akademie, und es wurde ihm ein Heimaturlaub bewilligt. Kaum war zur Tür herein, empfing ihn seine Frau in der Haupthalle des Anwesens, die bunt war von rotem Seidenschmuck und gestickten Windeln. In den Armen hielt Frau Xing ein Wickelkind.

Als Xiao wissen wollte, wessen Kind das war, sagte sie lächelnd: „Das ist der edle Stammhalter des Herrn Studiosus." Anschließend rief sie ein Mädchen von drinnen heraus und fragte: „Erkennst du die Hilfskraft aus der Himmelsbibliothek?"

Erstaunt fragte Xiao nach dem Wie und Warum, aber Frau Hsing hüllte sich in Schweigen. Die andere jedoch offenbarte ihm, wie alles gekommen war. Frau Xing hatte nämlich, weil sie befürchtete, ihr Mann werde seine Studien vernachlässigen, für tausend Liang Silber eine Schöne gekauft und einen Plan ersonnen, um ihren Mann zum Lernen anzuhalten. All die verführerischen Worte des Mädchens beruhten auf Unterweisungen durch Frau Xing.

Tief bewegt von der Güte, die seine Frau durch ihre tatkräftige Unterstützung für ihn bewiesen hatte, stellte Xiao das Gazeschränkchen mit der Figur darin neben den Spiegel zurück und sagte: „Möge dies als Andenken an meine Verfehlungen und zugleich als Auszeichnung für einen guten Menschen dienen."

Maße und Gewichte

Längenmaße

1 Cun 寸 (chinesischer Zoll):	3,2 Zentimeter
1 Chi 尺 (chinesischer Fuß):	32 Zentimeter
1 Xun 尋 (chinesischer Klafter):	2,56 Meter
1 Zhang 丈 (chinesische Rute):	3,2 Meter

Wegemaß

1 Li 里 (chinesische Meile):	576 Meter

Flächenmaß

1 Mu 畝:	6,144 Ar

Hohlmaße

1 Sheng 升:	1 Liter
1 Dou 斗:	10 Liter
1 Hu 斛:	50 Liter
1 Dan 石:	100 Liter

Gewichte

1 Fen 分 („candareen"):	0,37 Gramm
1 Zhu 銖:	1,55 Gramm
1 Qian 錢 („mace"):	3,7 Gramm
1 Liang 兩 („tael"):	37,3 Gramm
1 Jin 斤 („catty"):	596,8 Gramm
1 Dan 石 („picul"):	71,616 Kilogramm

Anmerkungen

1 Lu Xun, *Zhongguo xiaoshuo shilüe*, Abschnitt 22.
2 *Sanjie Lu bitan, juan* 10, zitiert nach Lu Xun: *Abschriften alter Nachrichten über die Erzählliteratur* (*Xiaoshuo jiuwen chao* 小說舊聞鈔).
3 Siehe Hebengge 2014, 4.
4 Siehe Hebengge 2014, xxviii.
5 *Yangzhou huafang lu, juan* 12. Die Passage mit den Trivialitäten ist einem Text von Xu Wei 徐渭 (~ Wenchang 文長, 1521–1593) nachgebildet.
6 Die Liebe zwischen dem gleichgeschlechtlichen Partner eines mächtigen Mannes und dessen Nebenfrau ist auch das zentrale Thema eines modernen chinesischen Romans (Qin Shou'ou 秦瘦鷗: *Qiuhaitang* 秋海棠, Begonia, 1942). Dort geht die Sache tragisch aus.
7 Shizhou 十洲 ist ein Künstlername von Qiu Ying 仇英 (ca. 1494–1552), einem Maler der Suzhouer Wu-Schule, der zu den „Vier Meistern der Ming-Dynastie" zählt. Er wurde nicht nur durch seine Tuschebilder von Blumen, Gärten und Landschaften berühmt, sondern auch für seine erotischen, auch homoerotischen Darstellungen. Der Titel dieses Albums – chin. *Zuofeng huai mixi* 左風懷秘戲 – scheint nur durch die „Scherzglocke" überliefert zu sein.
8 Die drei Sätze gehen auf drei sprichwörtliche Redewendungen zurück. Der erste Satz lautet eigentlich „Kann man ein Tigerjunges fangen, ohne sich in die Tigerhöhle zu wagen?" Der zweite Satz bezieht sich auf eine allegorische Geschichte im Buch *Han Feizi* 韓非子 (3. Jh. v. u. Z), wo von einem törichten Mann erzählt wird, der beobachtet, wie sich ein Hase an einem Baumstamm den Kopf einrennt. Daraufhin setzt sich der Mann neben den Baum und wartet auf weitere Hasen, die es genauso machen. Der dritte Satz ist von der sprichwörtlichen Redewendung abgeleitet „Ein gewiefter Hase verfügt über drei Löcher", womit drei Baue gemeint sind, in die sich das Tier in der Not flüchten kann.
9 Mit „Ehrennamen" wird hier und im folgenden der *zi* 字 eines Mannes bezeichnet.

10 Liang Hong 梁鴻 mit dem Beinamen Boluan 伯鸞 lebte während der Östlichen Han-Zeit (25–220). Er und seine hässliche, doch tugendhafte Frau Meng Guang 孟光 galten als Muster ehelicher Liebe und Eintracht.

11 Die kaiserliche Hochschule (*guozi jian* 國子監) in Peking war nominell die höchste Bildungseinrichtung des alten China, die dortigen Präzeptoren gehörten zur Rangstufe 7 b der neunstufigen Beamtenhierarchie (die höchste war die Stufe eins, jede Stufe teilte sich in die Unterstufen a und b).

12 Die Yanshou Si Jie 延壽寺街 („Straße am Yanshou-Tempel"; *yan shou* 延壽: „das Leben verlängern") lag in der Westhälfte der Äußeren Stadt (der sogen. „Chinesenstadt") von Peking unweit des Zhengyang-Stadttors (i. e. Qianmen). Sie führte vom Yanshou-Tempel im Norden bis zum östlichen Ende der Liuli chang 琉璃廠 im Süden. Nach 1949 wurde sie in „Yanshou-Straße" umbenannt.

13 Das *Lüshi chunqiu* 呂氏春秋 (*Frühling und Herbst des Herrn Lü*), *zugeschrieben* Lü Buwei 呂不韋 (gest. 235 v. u. Z.), ist ein philosophisch-kosmologisches Sammelwerk, das als eine Art Enzyklopädie des damaligen Wissens gelten kann.

14 Wer in der hauptstädtischen Präfektur erfolgreich an der Staatsprüfung auf Provinzebene teilgenommen hatte, ohne aber dabei den Titel eines *juren* 舉人 („Empfohlener Mann", hier und im Folgenden mit „Magister" übertragen) zu erringen, und eine gute Handschrift hatte, konnte Amtsschreiber werden und mit der Zeit zu einem niederen Beamtenposten aufsteigen.

15 Tang Bin 湯斌 (1627–1687) mit dem Beinamen Qian'an 潛庵 war ab 1684 Gouverneur der Provinz Jiangsu, sein Amtssitz befand sich in der Stadt Suzhou.

16 Der Titel *xiucai* 秀才 („Hervorragendes Talent", hier und im Folgenden mit „Examenskandidat" übersetzt) bezeichnet einen Studenten, der an der Staatsprüfung auf Präfekturebene erfolgreich teilgenommen und somit die Berechtigung zur Teilnahme an den Prüfungen auf Provinzebene erworben hatte.

17 Eine bestimmte Anzahl der erfolgreichsten Teilnehmer an der hauptstädtischen Prüfung und der Palastprüfung erhielt

den Titel *jinshi* 進士 („In die Gruppe der Gelehrten Eingetretener") und galt als qualifiziert für einen höheren Beamtenposten. Da dieser Grad Ähnlichkeiten mit unserem „Doktorgrad" aufweist, wird hier und im Folgenden *jinshi* mit „Doktor" übertragen.

18 Loyale Beamte, die sich eher umbringen ließen, als mit Aufständischen gemeinsame Sache zu machen, pflichtbewusste Kinder, die aufopferungsvoll für ihre Eltern sorgten, und keusche Witwen, die ihrem verstorbenen Mann jahrzehntelang die Treue hielten, hatten einen moralischen Anspruch auf Ehrung durch die Lokal- oder Zentralbehörden. Sie erfolgte durch Überreichung einer Ehrentafel mit entsprechendem Text an die Familie oder Errichtung eines Schmucktors mit entsprechender Inschrift an einem öffentlichen Ort.

19 In der bekannten Tang-Novelle „Li Wa zhuan" 李娃傳 („Lebensbeschreibung der Li Wa") von Bai Xingjian 白行簡 (776–826) sieht der Sohn des Herzogs von Xingyang 滎陽 公, der zur Teilnahme an der Staatsprüfung in die damalige Hauptstadt Chang'an gekommen ist, ein schönes Mädchen und lässt seine Peitsche fallen, um einen Vorwand zu haben, sie länger anzusehen. Er lernt sie kennen, heiratet sie nach vielen Verwicklungen, und das ehemalige Freudenmädchen wird am Ende mit dem Titel „Edelfrau vom Lande Qian" (Qian-guo furen 汧國夫人) geehrt.

20 „Der Fremde im gelben Hemd" (*huangshan ke* 黃衫客) spielt auf die Tang-Novelle „Huo Xiaoyu zhuan" 霍小玉傳 („Lebensbeschreibung der Huo Xiaoyu") von Jiang Fang 蔣 防 (geb. um 792 n. Chr.) an. Dort hilft ein Fremder, der in ein Hemd aus blassgelbem Ramiegewebe gekleidet ist, der Titelheldin, indem er den untreuen Geliebten noch einmal zu ihr zurückführt, ehe sie stirbt.

21 In der Tang-Novelle „Qiuran ke" 虬髯客 („Der krausbärtige Fremde") unterstützt ein geheimnisvoller Fremder eine entflohene Sklavin und ihren talentierten Geliebten und bewirkt, dass der junge Mann zum Kanzler aufsteigt. In der Tang-Novelle „Kunlun nu" 崑崙奴 („Der Malaiensklave")

hilft der Titelheld seinem jungen Herrn, ein Sklavenmädchen aus dem Haus eines hohen Beamten zu entführen.

22 Als Welt des Staubes gilt in der buddhistischen Lehre die irdische Welt.

23 Der Tang-Dichter Han Hong 韓翃, der im 8. Jh. lebte, bekam eine bildschöne Nebenfrau geschenkt, die mit Familiennamen Liu 柳 („Weidenbaum") hieß. Als er sie verließ, um seine Eltern zu besuchen, und aus verschiedenen Gründen lange nicht zu ihr zurückkehren konnte, schickte er ihr ein Gedicht: 章臺柳，章臺柳，昔日青青今在否？縱使長條似舊垂，亦應攀折他人手。 „Weide von Zhangtai, Weide von Zhangtai, / einst grüntest du, bist du heut noch am Leben? / Hängen deine langen Zweige noch immer herab, / können sich andere daran vergreifen." Zhangtai 章臺 war der Name einer Straße in der Tang-Hauptstadt Chang'an, in der sich das Freudenviertel befand. Demnach muss Frau Liu ursprünglich ein Freudenmädchen gewesen und dann losgekauft worden sein. Tatsächlich geriet sie vorübergehend in die Gewalt von Schadschari (chin. Shazhali 沙吒利), einem „Barbaren"-General in chinesischen Diensten.

24 „Was du nicht willst, dass man dir tu', das füg auch keinem andern zu." (己所不欲，勿施於人) ist die – von Konfuzius als Kernaussage seiner Lehre bezeichnete – „Goldene Regel". Siehe *Lunyu* 論語 („Gespräche"), V, 12 und XV, 24.

25 Laut *Liji* 禮記 (*Buch der Riten*), „Tangong B", soll Konfuzius, als sein Hund gestorben war, gesagt haben: 吾聞之也：敝帷不棄，為埋馬也；敝蓋不棄，為埋狗也。 „Wie ich erfahren habe, wirft man einen ausgedienten Wagenvorhang nicht fort, man verwendet ihn, um ein Pferd zu begraben; ein ausgedientes Wagenverdeck wirft man nicht fort, man verwendet es, um einen Hund zu begraben."

26 Im Buch *Mengzi*, „Lilou B", ist ein Ausspruch des konfuzianischen Philosophen Meng Ke 孟軻 (ca. 372–289 v. u. Z.) enthalten, in dem es heißt: 君之視臣如手足，則臣視君如腹心；君之視臣如犬馬，則臣視君如國人；君之視臣如土芥，則臣視君如寇讎。 „Wenn der Herrscher seine Untertanen als seine Hände und Füße ansieht, dann sehen die Untertanen den Herrscher wie ihren Bauch oder ihr Herz an;

wenn der Herrscher seine Untertanen als Hunde und Pferde ansieht, dann sehen die Untertanen den Herrscher wie alle Leute des Landes an; wenn der Herrscher seine Untertanen als Staub und Gras ansieht, dann sehen die Untertanen den Herrscher wie einen Banditen oder Feind an." Der Vergleich mit Gras oder Kraut stammt ebenfalls aus dem Buch *Mengzi* („Lilou A"), steht aber in anderem Zusammenhang.

27 „Eine Haarnadel aus Dornen ins Schläfenhaar gesteckt" (*jingchai yabin* 荊釵壓鬢) und „mit einem Baumwollrock angetan" (*buyi shiti* 布衣飾體) bezeichnet sprichwörtlich die Aufmachung von Frauen und Mädchen aus armer Familie.

28 Taoyao cun 桃夭村 („Dorf der üppigen Pfirsichblüten") spielt an auf das Lied Nr. 6 des klassischen „Buchs der Lieder" (*Shijing* 詩經). Vgl. Legge, *Chinese Classics*, Vol. IV, 12. Es beginnt mit den Worten „So üppig die Pfirsichblüten ..." und beschreibt den Auszug einer jungen Braut aus ihrem Elternhaus in das ihres künftigen Mannes.

29 Die altchinesischen Bronzemünzen („Käsch", chin. *qian* 錢) mit einem quadratischen Loch in der Mitte wurden zu je tausend Stück auf Schnüre gezogen, eine solche Münzschnur (chin. *guan* 貫) hatte theoretisch denselben Wert wie ein Liang Silber.

30 Altchinesischem Brauch nach wurde der Kopf der Braut bei der Hochzeit mit einem Tuch in der Freuden- und Hochzeitsfarbe Rot bedeckt. Erst nachdem das Brautpaar gemeinsam vor den Göttern von Himmel und Erde Kotau gemacht und damit die Eheschließung formell vollzogen hatte, durfte der Bräutigam das Tuch wegnehmen und die in der Regel von den Eltern für ihn ausgesuchte Braut zum ersten Mal sehen.

31 Die Aussagen „Die Perlen haben wir verkauft, das Haus notdürftig ausgebessert." (賣珠補屋) spielen auf zwei Zeilen aus dem Gedicht „Jiaren" 佳人 („Die Schöne") von Du Fu 杜甫 (712–770) an. Dort heißt es: 侍婢賣珠回，牽蘿補茅屋。

32 Die Frage verweist auf eine allegorische Geschichte im Buch *Huainanzi* 淮南子 des Liu An 劉安, Prinz von Huainan (179–122 v. u. Z.). Das Weglaufen des Pferdes löst dort eine

Kette von Wechselfällen des Schicksals aus, wegen derer die Nachbarn einen alten Mann abwechselnd bemitleiden und beglückwünschen. Zu guter Letzt braucht sein Sohn nicht in den Krieg zu ziehen, was sich als Glück für den Alten erweist.

33 Zum altchinesischen Hochzeitszeremoniell gehörte, dass die Brautleute voreinander niederknieten und mit der Stirn den Boden berührten.

34 Im alten China wurde der Tag (die Dauer einer Erdumdrehung) in zwölf Abschnitte (Doppelstunden) unterteilt, die Zählung begann mit der Doppelstunde von 23 bis 1 Uhr moderner Rechnung. Die fünf Doppelstunden von 19 bis 5 Uhr wurden als die fünf Nachtwachen bezeichnet. Die zweite Nachtwache (*ergu* 二鼓 bzw. *ergeng* 二更) entspricht somit der Zeit zwischen 21 und 23 Uhr nachts.

35 In China orientierte man sich traditionell auch in geschlossenen Räumen nach den vier Himmelsrichtungen, d. h. man sprach nicht von „links" oder „rechts", sondern „östlich" oder „westlich".

36 Anspielung auf das „Gaotang fu" 高唐賦 („Prosagedicht von Gaotang"), das traditionell dem Dichter Song Yu 宋玉 zugeschrieben wurde, der im 3. Jh. v. u. Z. im Teilstaat Chu gelebt haben soll. In der Ode heißt es, der König Huai von Chu 楚襄王 sei im Traum einer Göttin der Wu-Berge begegnet, die sich ihm hingab und dabei sagte: 旦為朝雲，暮為行雨。朝朝暮暮，陽臺之下。 „In der Frühe bin ich die Morgenwolke, am Abend gehe ich als Regen nieder. Und so Morgen für Morgen, Abend für Abend unterhalb der Terrasse Yangtai." Hiervon ist *yun-yu* 雲雨 („Wolke-Regen") als verhüllender Ausdruck für den Koitus abgeleitet, Yangtai 陽臺 steht für den Ort eines intimen Rendezvous.

37 Eine derartige räumliche Beschränkung magischer Kräfte findet sich auch sonst in der chinesischen Literatur. In Yuan Meis 袁枚 (1716–1798) großer Geschichtensammlung *Zi bu yu* 子不語 (*Wovon der Meister [d. h. Konfuzius] nicht sprach*) gibt es in der Geschichte „Dongyi baojian' you fa zhi hu" 東醫寶鑒有法治狐 („Der kostbare Spiegel der östlichen Heilkunst' enthält ein Mittel gegen Fuchsgeister";

Kap. 19, Nr. 33) eine Füchsin, die künftige Ereignisse voraussehen kann, aber nur innerhalb eines Radius von zehn Li.

38 Der Mythe nach waren Ehuang 娥皇 und Nüying 女英 die Töchter des Urkaisers Yao 堯. Er gab sie beide seinem selbstgewählten Nachfolger Shun 舜 als Frauen, Ehuang, die Ältere, als Hauptfrau und Nüying, die Jüngere, als Nebenfrau.

39 Seinerzeit war Lintong 臨潼 ein Kreis in der Präfektur Xi'an 西安; die Präfekturstadt Xi'an war gleichzeitig Hauptstadt der Provinz Shaanxi.

40 Die „achtgliedrige Schreibweise" (*baguwen* 八股文) war der für die Staatsprüfungen unter der Ming- und der Qing-Dynastie vorgeschriebene Prosastil.

41 Die Prüfungsteilnehmer wurden nach der Qualität ihrer Prüfungsaufsätze in Kategorien eingeteilt. Zur Teilnahme an der nächsthöheren Prüfung wurden nur die der ersten drei Kategorien zugelassen.

42 Die Bildungskommissare für die einzelnen Provinzen wurden von der Zentralregierung für jeweils drei Jahre entsandt, zu ihren Aufgaben gehörte die Abnahme der Prüfungen auf Präfekturebene. Vgl. Anm. 16 (zu *xiucai*).

43 Der Hauptprüfer, unter dem ein Kandidat eine Prüfung bestanden hatte, galt soviel wie sein Lehrer, und ein Lehrer wurde traditionell so verehrt wie der eigene Vater.

44 Die Hanlin-Akademie 翰林院 war eine zentrale Behörde, die offizielle Schriften wie z. B. die Landesgeschichte verfasste und kaiserliche Edikte entwarf.

45 Eine Geisterfrau namens Kohlblüte (Caihua 菜花) kommt auch im chinesischen Volksmärchen vor. Dort wächst sie aus einem Samenkorn zur geheimnisvollen Haushälterin heran, die der Märchenheld dann zur Frau nimmt.

46 Yixing 宜興 gehörte seinerzeit als Kreis zur Präfektur Changzhou 常州 der Provinz Jiangsu. Die Gegend ist berühmt für das rotbraune Steinzeug, das dort hergestellt wird.

47 Vermutlich handelt es sich bei diesem luststeigernden Leim (*shenxu jiao* 慎恤膠) um einen aus Eselhaut (*ejiao* 阿膠) gemachten Leim, wie er in der traditionellen chinesischen Medizin als Heilmittel verwendet wird.

48 Im chinesischen Volksglauben waren die Fünf Heiligen (*wusheng* 五聖) eine Gruppe von Spukgeistern unklaren Ursprungs, denen weithin in kleinen Tempelchen Opfer gebracht wurden, um sie zu besänftigen.

49 Die erste Nachtwache (*yigu* 一鼓 bzw. *yigeng* 一更) entspricht der Zeit zwischen 19 und 21 Uhr nachts (vgl. Anm. 34).

50 Zu dem hier erwähnten Bildmotiv „Er Qiao guan bingshu tu" 二喬觀兵書圖: Die beiden [Schwestern] Qiao (*er Qiao* 二喬), beide „die Schönsten im ganzen Land", lebten in den Wirren zu Ende der Han-Zeit. Die Ältere war die Frau von Sun Ce 孫策 (175–200), die Jüngere die von Zhou Yu 周瑜 (175–210), zwei Heerführern in den Kriegen, die zur Entstehung der Drei Reiche führten. Dass sich die Schwestern Qiao, die für ihre Schönheit berühmt waren, mit militärtheoretischen Studien beschäftigt hätten, ist eine spätere Ausschmückung, die sich nicht einmal im *Sanguo zhi tongsu yanyi* 三國志通俗演義 (*Geschichte der Drei Reiche in populärer Darstellung*) von Luo Guanzhong 羅貫中 (ca. 1330–1400) findet. Erst in dem Buch *Baimei xinyong tuzhuan* 百美新詠圖傳 (*Bilder und Biographien zu den neuen Gedichten über hundert Schönheiten*), von Yan Xiyuan 顏希源 und Illustrationen von Wang Hui 王翽, das 1790 erschien, als Shen Qifeng seine *Scherzglocke* schrieb, ist ein Holzschnitt enthalten, der die Schwestern Qiao mit einem Buch in der Hand zeigt (*Tuzhuan* 49), und im Textteil wird ein Gedicht des Ming-Beamten Fang Xiaoru 方孝孺 (1357–1402) zu einem Bild gleichen Inhalts zitiert, dessen erste Zeile lautet: 深閨睡起讀兵書。 „Im tief verborgenen Gemach aus dem Schlaf erwacht, lesen sie militärische Schriften.".

51 In der Anekdotensammlung *Minghuang zalu* 明皇雜錄 (*Vermischte Aufzeichnungen über Kaiser Minghuang*) von Zheng Chuhui 鄭處誨 (9. Jh.) wird berichtet, dass der Tang-Kaiser Xuanzong 唐玄宗 einmal, als seine Nebenfrau Yang Guifei 楊貴妃 (719–756), die berühmte Lieblingskonkubine des Kaisers, verkatert zu ihm geführt wurde, gesagt habe: „Die

kaiserliche Nebenfrau ist doch nicht betrunken, ihr Verlangen nach Schlaf unter Zierapfelblüten ist noch nicht gestillt.".

52 Xizi 西子 (alias Xi Shi 西施) ist eine der berühmtesten Schönheiten des chinesischen Altertums. Sie lebte gegen Ende der „Frühling-und-Herbst"-Periode im Staat Yue und wurde dem König des feindlichen Nachbarstaats Wu als Konkubine geschenkt, damit sie ihn durch ihre Verführungskünste von den Staatsgeschäften abhielt. Im Jahre 473 v. u. Z. wurde Wu dann vernichtend geschlagen. Die (gerunzelten) Brauen der Xizi (*Xizi mei* 西子眉) tauchen erst tausend Jahre später in der Literatur auf, möglicherweise wurden sie irrtümlich von einer anderen klassischen Schönheit auf sie übertragen. Von Sun Shou 孫壽, der Frau des übermächtigen Han-Generals Liang Ji 梁冀 (? – 159), heißt es, sie habe gern ungewöhnliche Posen eingenommen, die sie für betörend hielt, unter anderem habe sie es geliebt, sorgenvoll die Brauen zu runzeln.

53 Nebenfrau Pan (Panfei) 潘妃 war die Lieblingskonkubine des als grausam und verschwendungssüchtig verschrienen Xiao Baojuan 蕭寶卷 (483–501) der von 499 bis 501 als Kaiser der Südlichen Qi-Dynastie regierte, mit 18 Jahren umgebracht und postum zum Fürsten von Donghun degradiert wurde. Laut seiner Biographie in *Nanshi* 南史 (Kap. 10: „Qi benji" 齊本紀 2, „Feidi Donghun hou" 廢帝東昏侯) hatte er für sie aus Gold getriebene Lotosblüten auf dem Boden befestigen lassen, über die er sie gehen ließ, wozu er sagte: 此步步生蓮華也。 „So wachsen Schritt für Schritt Lotosblüten." Später bezeichnete man danach die Gangart schöner Frauen als „Goldlotos", noch später wurden auch die durch Bandagieren verkrüppelten Frauenfüße, die von den Männern im alten China als äußerst erotisierend empfunden wurden, euphemistisch „Goldlotos" genannt. Diese Unsitte des Füßeeinbindens kam erst im 10. Jh. auf.

54 Im *[Han] zashi mixin* [漢]雜事秘辛 (*Vermischtes [aus dem Han-Palast], Heimlicher Kummer*), einem Text, der vorgeblich aus der Han-Zeit stammt, heute jedoch allgemein als spätere Fälschung angesehen wird, heißt es, der Han-Kaiser Huan 漢桓帝 (132–167) habe, bevor er Liang Nüying 梁

女瑩 (mit dem postumen Namen „Kaiserin Yixian" 懿獻
皇后) heiratete, eine alte Frau zu ihr geschickt, die ihren
Körper bis zum intimsten Detail inspizieren musste. Die
Textstelle, auf die Shen Qifeng sich bezieht, lautet: 私處墳
起。為展兩股，陰溝渥丹，火齊欲吐。„Ihre Schamge-
gend war hügelartig gewölbt, und als ihr die Schenkel ge-
spreizt wurden, erglänzte zinnoberrot der ‚verborgene Graben', der gleichsam Feuer ausströmen wollte."

55 Auch im *Liao Zhai zhiyi* von Pu Songling versteht es der
Totengeist eines betrogenen Mädchens, den treulosen Ver-
führer der Justiz in die Arme zu treiben und hinrichten zu
lassen („Dou shi" 竇氏, „Frau Dou", in Kap. 5 der Ausgabe
in 12 Kapiteln bzw. Kap. 16 der Ausgabe in 16 Kapiteln).
Während bei Shen Qifeng der Straftatbestand die Unterschlagung öffentlicher Gelder ist, geht es dort um Störung
der Totenruhe.

56 *Ci* 詞 sind Gedichte mit unterschiedlicher Zeilenlänge, die
sich streng an vorgegebene tonale Muster halten.

57 Unter *Fu* 賦-Gedichten versteht man eine Art Mittelding
zwischen deskriptiver Lyrik und dichterischem Essay.

58 In dem – in *Wenxuan* 文選, Kap. 19, überlieferten – Vor-
wort zum traditionell dem Dichter Song Yu zugeschriebenen
„Dengtu zi haose fu" 登徒子好色賦 („Ode von Meister
Dengtu dem Lüstling") heißt es: „Der Großwürdenträger
Meister Dengtu, der dem König von Chu diente, tadelte
Song Yu, indem er sagte: ‚[…] Außerdem ist er seinem Wesen nach lüstern […]' Der König fragte Song Yu nach dem,
was Dengtu gesagt hatte, und Song Yu sprach: ‚[…]. Die
Schönen auf Erden kommen nicht denen im Land Chu
gleich, die Schönen im Land Chu kommen nicht denen im
Kiez meiner Wenigkeit gleich, und die Schönen im Kiez
meiner Wenigkeit kommen nicht der Tochter meines
Nachbarn im Osten gleich. Wäre die Tochter meines Nachbarn im Osten nur eine Winzigkeit größer, wäre sie zu groß,
wäre sie nur eine Winzigkeit kleiner, wäre sie zu klein. Würde sie sich pudern, wäre sie zu weiß, würde sie sich schmin-
ken, wäre sie zu rot. Ihre Brauen gleichen Eisvogelfedern, ihr
Fleisch ist weiß wie Schnee. Ihre Taille ist wie mit Seidenstoff

geschnürt, ihre Zähne sind so, als trüge sie Kaurischnecken im Mund. Mit einem anmutigen Lächeln betört sie (den ganzen Kreis) Yangcheng, verwirrt sie (den ganzen Kreis) Xiacai. Und dieses Mädchen steigt seit drei Jahren auf die Mauer, um meine Wenigkeit heimlich anzuschauen, (doch) ich habe mich bis zum heutigen Tag nicht mit ihr verlobt. Nicht so Meister Dengtu. Seine Frau hat einen Strubbelkopf und zerknautschte Ohren, ihre Lippen bedecken die Zähne nicht, und ihr Gebiss ist lückenhaft. Sie hinkt und ist bucklig, sie leidet an Krätze und an Hämorrhoiden. (Aber) Meister Dengtu mag sie und hat ihr fünf Kinder gemacht. Euer Majestät mögen sorgfältig überdenken, wer hier lüstern ist.'"

59 Wang Xizhi 王羲之 (303–361) mit dem Ehrennamen Yishao 逸少 gilt als der Stammvater der chinesischen Kalligraphie. Kalligraphische Fertigkeiten wurden im alten China bei jedem Gebildeten erwartet, sie werden auch heute noch hochgeschätzt.

60 Nach dem Buch *Mengzi* („Gaozi B") antwortete Meng Ke auf die Frage 色與禮孰重? „Was wiegt schwerer, sinnliche Begierde oder das Ritual?" unter anderem: 踰東家牆而摟其處子，則得妻；不摟，則不得妻，則將摟之乎? „Wenn du über die Mauer des Nachbarn im Osten steigst und die Tochter des Hauses umarmst, bekommst du sie zur Frau. Tust du das nicht, bekommst du sie nicht zur Frau. Wirst du sie also umarmen?" Derartige Zitate aus den konfuzianischen Klassikern dienten bei den Staatsprüfungen als Prüfungsthema.

61 Das Aufsatzthema „Meishuo zhi yan" 媒妁之言 („Die Worte der Ehevermittlerin") spielt an auf einen Passus im *Mengzi* („Teng Wen gong 2)", wo Meng Ke im Rahmen eines Gleichnisses sagt: 丈夫生而願為之有室，女子生而願為之有家。[...]。不待父母之命、媒妁之言，鑽穴隙相窺，踰牆相從，則父母國人皆賤之。„Wenn ein Junge geboren ist, hoffen die Eltern, eine Frau für ihn zu finden, wenn ein Mädchen geboren ist, hoffen die Eltern, einen Mann für sie zu finden. [...] Wer, ohne den Befehl der Eltern und die Worte der Ehevermittlerin abzuwarten, ein Loch bohrt, um jemanden anzuschauen, und über die Mauer steigt, um sich

jemandem hinzugeben, wird von seinen Eltern und allen Menschen des Landes verachtet."

62 Der Schütze Yi 羿 ist in der chinesischen Mythologie ein Heros, der die Menschen von verschiedenen Übeln befreite. Als seine größte Tat gilt, dass er mit Pfeil und Bogen neun von zehn Sonnen abschoss, welche die Erde zu verbrennen drohten. Im Buch *Mengzi* (*Lilou* B) wird berichtet: 逢蒙學 射於羿，盡羿之道，思天下惟羿為愈己，於是殺羿。 „Pang Meng lernte bei Yi, mit Pfeil und Bogen zu schießen. Als er sich dessen Verfahren vollkommen zu Eigen gemacht hatte, bedachte er, dass auf der ganzen Welt nur Yi ihm überlegen war. Daraufhin brachte er ihn um."

63 Das heißt, der hauptstädtischen Prüfung (vgl. oben, Anm. 17 zu *jinshi*). Die Staatsprüfungen auf Provinzebene wurden in der Regel alle drei Jahre im Herbst abgehalten, die hauptstädtische Prüfung im Frühjahr des nächsten Jahres.

64 Gemeint ist der Gegenwert von 2000 *dan* 石 (entspricht ca. 200 m³) Reis, was traditionell als Gehalt eines Präfekten galt.

65 Spiegel (im alten China in der Regel blankpolierte Bronzespiegel) konnten, so glaubte man, die magische Eigenschaft besitzen, das wahre Wesen von Menschen und Geistern sichtbar zu machen. Der Spiegel, der die Sünden sichtbar macht, hängt den Vorstellungen der Gläubigen nach in der Hölle, wo über die Taten der Menschen Gericht gehalten wird, nachdem sie gestorben sind.

66 „Bankett im Aprikosengarten" (*Xingyuan yan* 杏園宴) war der traditionelle Name des Banketts, das der Kaiser nach der Palastprüfung für die neuernannten Doktoren gab.

67 Feiyan 飛燕 („fliegende Schwalbe") wurde ihres leichten Körperbaus wegen die zweite Frau (mit Familiennamen Zhao 趙) des Han-Kaisers Chengdi 漢成帝 (52–7 v. u. Z., auf dem Thron ab 33) genannt, Yuhuan 玉環 („Jadering") war der Kindheitsname von Yang Guifei, der Lieblingskonkubine von Tang-Kaiser Xuanzong Nebenfrau Yang (vgl. Anm. 51). Der unterschiedliche Körperbau der beiden war in die sprichwortartige Redewendung *Yan shou Huan fei* 燕瘦環肥 eingegangen.

68 Rabenkopfstrümpfe (*yatou wa* 鴉頭襪) spielen an auf das erste Gedicht von Li Bai 李白 (~ Taibai 太白; 701–762) aus einem Zyklus von insgesamt fünf (in *Quan Tang shi* 全唐詩, Kap. 184, aufgenommenen) Gedichten über „Frauen aus Yue" („Yue nü ci" 越女詞): 長幹吳兒女，眉目豔新月。屐上足如霜，不著鴉頭襪。

69 Der Ausdruck „Freudenschuhe" (*hehuan xie[zi]* 合歡鞋 [子]) spielt an auf das zwölfte Gedicht von Wang Huan 王渙 (859–901) aus einem Zyklus von insgesamt zwanzig (in *Quan Tang shi*, Kap. 690, aufgenommenen) „melancholischen Gedichten („Chouchang shi" 惆悵詩): 薄幸檀郎斷芳信，驚嗟猶夢合歡鞋。

70 Zu „Acht duftige Lotosblütenblätter" (*baban xianglian* 八瓣香蓮) vgl. Anm. 53 zu Nebenfrau Pan.

71 „Im Hause Han gelten die eigenen Regeln" (*Han jia zi you zhidu* 漢家自有制度): Beginn eines Ausspruchs von Han-Kaiser Xuan 漢宣帝 (91–49 v. u. Z.; auf dem Thron ab 73) in der Chronik seines Sohnes in Hanshu 漢書 (*Geschichte der Han-Dynastie*, Kap. 9: „Yuandi ji" 元帝紀).

72 In der einerseits vom Buddhismus, andererseits von den Realitäten des bürokratischen Zentralstaats geprägten altchinesischen Geisteswelt existierten unterschiedliche Vorstellungen von der administrativen Einteilung der Hölle. Nach einer Version hat die Hölle achtzehn Instanzen, in denen die schlimmsten Sünder, nachdem sie gestorben sind, je nach ihren Vergehen auf unterschiedliche Weise gequält werden, ehe sie wiedergeboren werden. Nach einer anderen Version herrschen dort zehn Prinzen in zehn Palästen, von denen der zweite Chujiang 楚江 heißt.

73 In Wirklichkeit handelt es sich beim Kreispolizeichef und beim Kreisgefängnisdirektor um ein und denselben niederen Beamtenposten ohne Rangstufe im Neunstufensystem.

74 „Yangtai meng" 陽臺夢 („Der Traum von Yangtai") ist der Name eines – in *Quan Tang shi*, Kap. 889, aufgenommenen – *Ci*-Gedichtes von Li Cunxu 李存勗 (885–926, ab 923 Kaiser der Späteren Tang; kanonisiert als Tang Zhuangzong 唐莊宗). Zu Yangtai s. a. Anm. 36.

75 Jujuben (chin. *zao* 棗; auch Brustbeeren oder chinesische Datteln genannt) sind die Früchte verschiedener Varietäten des Baumes Ziziphus jujuba MILLER, die in Nordchina gedeihen. Sie werden teils als Obst, teils als Heilmittel verwendet.

76 Mit „Flügelkappe" ist hier *lianggen jian jiaochi* 兩根尖角翅, wörtlich: „zwei Spitzflügel", übersetzt. Nach Li Dous *Yangzhou huafang lu* – Kap. 5: *xiju* 戲具, *hangtou* 行頭, *kuixiang* 盔箱 („Bühnenkostüme und -requisiten", „Helmtruhe") – hießen in der Bühnensprache zwei Formen von Kopfbedeckungen für Darsteller ziviler Rollen *yuanjian chi* 圓尖翅 („rund-spitze Flügel") und *jianjian chi* 尖尖翅 („spitz-spitze Flügel"); vgl. auch Li Yus 李漁 (1611–ca. 1680) *Xianqing ouji* 閒情偶寄 (*Gelegentliche Zuflucht für die müßigen Gefühle*) – „Yanxi bu" 演習部, Abschnitt 5: „Tuotao" 脫套, „Yiguan exi" 衣冠惡習 („Über die Probenarbeit", „Schablonen", „Üble Gewohnheiten in Bezug auf Kleidung und Kopfbeckung") –, der von „Gazemützen mit weichen Flügeln" (*ruanchi shamao* 軟翅紗帽) spricht, wie die Darsteller des Examenskandidaten Zhang 張生 (Zhang Gong 張珙, ~Junrui 君瑞), dem Haupthelden im *Xixiang ji* 西廂記 (*Das Westzimmer*), sie getragen hätten. Offiziell dagegen hießen die Zipfel der Gelehrtenkappe *jiao* 腳 („Füße"). Es sei daran erinnert, dass Shen Qifeng ein fruchtbarer Bühnenautor war.

77 Im alten China hatte jede Stadt ihren Stadtgott und jedes Dorf seinen Bodengott. Im Bewusstsein der Gläubigen spielten diese Lokalgottheiten den höheren Göttern gegenüber etwa die gleiche Rolle wie die Lokalbeamten der Zentralregierung gegenüber.

78 Zitat aus Lied 73 des *Shijing*: 穀則異室，死則同穴。

79 Ähnlich wie hier wird der Besuch eines lebenden Menschen bei einem Totengeist, der im Grab wohnt, auch von Hebengge in der Geschichte „Qian'er" im *Yetan suilu* (siehe Hebengge 2014, 296-307) beschrieben.

80 Anspielung auf Lied 155 des *Shijing*, wo es heißt: 鴟鴞鴟鴞、既取我子、無毀我室。„Eule, Eule, wenn du schon meine Jungen geholt hast, zerstör nicht mein Nest!".

81 *Gongshi* 貢士, hier mit „Promovend" übersetzt, ist ein Titel für erfolgreiche Teilnehmer an der hauptstädtischen Prüfung, die (noch) nicht die Palastprüfung bestanden haben.

82 In der – nur bruchstückhaft überlieferten – Enzyklopädie *Bowu zhi* (*Aufzeichnungen über alle Dinge*) des Zhang Hua (232–300) heißt es: 南海水有鮫人,水居如魚,不廢織績,其眼能泣珠。[...] 鮫人從水出，寓人家，積日賣絹，將去，從主人索一器，泣而成珠滿盤，以與主人。„Im Wasser des Südmeers gibt es (Hai-)Fischmenschen. Sie halten sich im Wasser auf wie die Fische und lassen nicht ab vom Spinnen und Weben. Ihre Augen vermögen, Perlen zu weinen. [...]. Ein (Hai-)Fischmensch kam aus dem Wasser heraus und wohnte viele Tage lang im Haus eines Menschen. Er verkaufte Seidentaft, und als er fortgehen wollte, verlangte er vom Hausherrn ein Gefäß. Er weinte, und es wurden Perlen. Damit füllte er die ganze Schale, dann gab er sie dem Hausherrn.

83 Die Mythe von einem Kristallpalast unter Wasser als Wohnsitz eines Drachenkönigs im Ozean (Sagara-Nagaradscha) und seiner Töchter (Nagakanya) ist mit dem Buddhismus aus Indien nach China gekommen.

84 Am „Tag der Buddhawäsche" (*yufo ri* 浴佛日), dem 8. Tag des 4. Monats nach dem altchinesischen Kalender, wird traditionell Buddhas Geburtstag gefeiert. Der Name rührt daher, dass in diesem Zusammenhang im ganzen Land die Buddhastatuen gereinigt werden.

85 Udambara ist der Name eines Baumes (Ficus glomerata), der angeblich normalerweise Früchte trägt, ohne vorher geblüht zu haben, und nur einmal in 3000 Jahren blüht, weshalb er als Symbol für das seltene Erscheinen eines Buddhas gilt.

86 Die Berge von Lantian 藍田 bei Xi'an in der Provinz Shaanxi waren in der Han-Zeit (206 v. u. Z. bis 220 u. Z.) berühmt für den schönen Jade, den man dort fand.

87 Der Satz „Sonst aber wird der Fremdling ... ausgelacht" bezieht sich auf ein – in *Quan Tang shi*, Kap. 539, aufgenommenes – Gedicht von Li Shangyin 李商隱 (813–858), in dem es heißt, ein Fremder habe die schöne Xi Shi in einem

Netz aus tausend Fäden gefangen, um sie zu verschenken (莫將越客千絲網，網得西施別贈人。Zu Xi Shi vgl. Anm. 52).

88 „Mit dem Finger Schriftzeichen in die Luft malen (*shu kong* 書空)" ist ein zum geflügelten Wort gewordenes Zitat aus der Anekdotensammlung *Shishuo xinyu* 世說新語 (*Neue Gesellschaftsgespräche*) von Liu Yiqing 劉義慶 (403–444), Abschnitt 28. Die vier Schriftzeichen, um die es dort geht, bedeuten „Seltsam, fürwahr!" (咄咄怪事).

89 „Ich, Wang Boyu aus Langya, muss letzten Endes meiner Gefühle wegen sterben" (瑯玡王伯輿，終當為情死。) ist ebenfalls ein Zitat aus dem *Shishuo xinyu* (Abschnitt 23). Wang Xin 王廞 (~ Boyu 伯輿), der im 4. Jahrhundert unter der Jin-Dynastie lebte, schloss sich im Streben nach Reichtum und Macht einem Putschisten an, erreichte aber seine Ziele nicht. Der zitierte Satz wird von Liu Yiqing in ironischer Weise berichtet, die Überschrift von Abschnitt 23 heißt „Rendan" 任誕 (Zügelloses Benehmen und haltloses Gerede).

90 Die wunscherfüllenden Perlen (Cintamani) stehen im Zusammenhang mit dem Drachenkönig und sind wie dieser als Bestandteil der buddhistischen Mythologie aus Indien nach China gelangt.

91 „Die Felsen von Zhifu und Jieshi": Die 291,4 m hohe Felsspitze der Halbinsel Zhifu 之罘 (37° 37' n. Br., 121° 23' ö. L.) an der Nordküste von Shandong und der östlich von Peking in Küstennähe einsam aus der Ebene aufragende 697,4 m hohe Berg Jieshi 碣石 sind von alters her berühmt. Schon der Qin-Kaiser Shihuang 秦始皇 (259–210 v. u. Z.) und der Han-Kaiser Wu 漢武帝 (156–87 v. u. Z.) haben sie bestiegen, und der Staatsmann Cao Cao 曹操 (155–220), der in den Kriegen, die zur Entstehung der Drei Reiche führten, eine hervorragende Rolle spielte, schrieb in einem bekannten Gedicht: 東臨碣石，以觀滄海。„Ostwärts kam ich nach Jieshi, zu schauen das dunkle Meer."

92 Diao'ao 釣鰲 – „der Schildkrötenangler" – ist eine Gestalt der chinesischen Mythologie, ein Riese, der sechs von fünfzehn Schildkröten wegangelt, die im Bohai-Meer fünf Inseln auf ihren Nacken tragen. Daraufhin treiben die beiden In-

seln, die von ihnen gehalten worden waren, ab und versinken im Ozean.

93 Mit der Großen Zither ist die *se* 瑟 gemeint, ein Zupfinstrument mit ursprünglich 50, in späterer Zeit mit 25 Saiten.

94 „Dies ist das Dorf der alten Frau Meng": „Der Trank der alten Frau Meng" (*Mengpo tang* 孟婆湯) erfüllte in der chinesischen Mythologie denselben Zweck wie das Wasser des Flusses Lethe in der griechischen Sage. Shen Qifeng variiert das Motiv, indem es bei ihm neben dem Trank des Vergessens noch andere gibt, die für das nächste Leben nach der Wiedergeburt bestimmend sind.

95 Der Satz ist zwei oft zitierten Zeilen aus einem – in *Quan Tang shi*, Kap. 128, aufgenommenen – Abschiedsgedicht von Wang Wei 王維 (701–761) nachgebildet: 勸君更盡一杯酒，西出陽關無故人。

96 Wahrscheinlich ist mit Qianfo Si 千佛寺 das Kloster Lingyan Si 靈巖寺 am Nordosthang des Berges Tai Shan 泰山 gemeint, wo es u.a. eine Tausend-Buddha-Halle gibt.

97 Die dritte Nachtwache (*sangu* 三鼓 bzw. *sangeng* 三更) entspricht der Zeit zwischen 23 und 1 Uhr nachts (vgl. Anm. 34).

98 Der altchinesischen Sexualtheorie nach ist es möglich, dass ein Sexualpartner durch entsprechende Praktiken von der Lebensenergie des anderen profitiert, um die eigene Lebensenergie zu stärken.

99 „Das wahre Gesicht des Berges Lu Shan sehen" (*kan Lu Shan zhen mian[mu]* 看廬山真面[目]) ist eine stehende Redewendung für das Durchschauen eines Sachverhalts oder des wahren Gesichts eines Menschen.

100 Chiguo 尺郭, der Dämon der Ausschweifung, ist in der chinesischen Mythologie ein Riese, dessen Bauchweite genausoviel misst wie seine Körpergröße und der sich von bösen Geistern ernährt.

101 „Im-Nu-Blumen" (*qingke hua* 頃刻花): In der Phantasie chinesischer Dichter existierende Blume, die im Nu wächst und blüht.

102 Das Gebot, kein Leben zu zerstören, ist das erste der Zehn Gebote des Buddhismus.

103 Die buddhistische Lehre von der Wiedergeburt verspricht, dass jedes Lebewesen in der nächsten Existenz für seine Taten in der jetzigen Existenz belohnt bzw. bestraft wird.

104 Das dritte der Zehn Gebote des Buddhismus besagt: Nicht ausschweifend (unzüchtig) sein. Im *Xiao Erya* 小爾雅 (Abschnitt „Guangyi" 廣義), einer als Kapitel 11 des *Kong Congzi* 孔叢子 überlieferten Ergänzung zum frühen Wörterbuch *Erya* 爾雅, heißt es: 男女不以禮交，謂之淫。„Ausschweifung nennt man es, wenn Mann und Frau anders als dem Ritual gemäß miteinander verkehren."

105 Ein buddhistisches Heilsversprechen, das in China zum Sprichwort wurde, besagt: Wer das Schlachtermesser aus der Hand legt, wird auf der Stelle zum Buddha.

106 Das Kloster auf dem Qixia-Berg (Qixia Shan Si 棲霞山寺) ist eines der bedeutendsten Klöster von Nanjing.

107 Die Vorstellung, die Göttin vom Luo-Fluss gleiche einer „aufgeschreckten Wildgans" (*jing hong* 驚鴻), findet man im „Luoshen fu" 洛神賦 („Ode an die Flussgöttin"), einem Gedicht im *Fu*-Stil des berühmten Dichters Cao Zhi 曹植 (192–232). Zur Göttin von Gaotang siehe Anm. 36.

108 Tao Qian 陶潛 (~ Yuanming 淵明; ca. 365–427), ein Dichter, der es vorzog, als armer Bauer zu leben, anstatt ein Amt auszuüben, ist der Verfasser des Liebesgedichts „Xianqing fu" 閑情賦 („Ode von den müßigen Gefühlen").

109 Unter *wujing* 五經, den „Fünf kanonischen Büchern (des Konfuzianismus)", versteht man das *Yijing* 易經 (*Buch der Wandlungen*), das *Shangshu* 尚書 (*Buch der Urkunden*), das *Shijing* 詩經 (*Buch der Lieder*), das *Liji* 禮記 (*Buch der Riten*) sowie das *Chunqiu* 春秋 (*Frühlings- und Herbstannalen*).

110 Der Name Zikadien ist von der Bezeichnung einer Zikadenart (Platypleura kaempferi, chin. *huigu* 蟪蛄) abgeleitet, die in China seit alters her symbolisch für eine kurze Lebensdauer steht.

111 *Das Shanhai jing* 山海經 (*Buch der Berge und Meere*) ist eine Weltbeschreibung stark mythologischen Inhalts, die wahrscheinlich in der Zeit der Kämpfenden Staaten (480–221 v. u. Z.) niedergeschrieben wurde.

112 Das *Soushen ji* 搜神記 (*Berichte über die Suche nach Geistern*) ist eine von Gan Bao 干寶 (gest. 336) zusammengestellte Sammlung von Geistergeschichten.

113 Das *Shuyi ji* 述異記 (*Schilderungen von Wundern*) ist eine Ren Fang 任昉 (460–508) zugeschriebene, aber vermutlich erst später verfasste Sammlung von Geistergeschichten.

114 Solche Amulette wurden in China Kindern umgehängt.

115 Die ersten beiden Zeilen sind – in umgekehrter Reihenfolge: 對酒當歌, 人生幾何? – im „Duange xing" 短歌行 („Gedicht vom kurzen Gesang") von Cao Cao (über diesen vgl. Anm. 91) zu finden.

116 Dai Lis Erwiderung spielt an auf den Anfang des Gedichts „Chunxiao" 春宵 („Frühlingsnacht") von Su Shi 蘇軾 (~ Dongpo 東坡; 1037–1101): 春宵一刻值千金，花有清香月有陰。

117 Bunte Amulettschnüre gehörten, ebenso wie das Wettrudern, zum „Drachenbootfest" (*duanwu jie* 端午節), das am 5. Tag des 5. Monats nach dem altchinesischen Kalender begangen wird.

118 Der Tag, an dem Frauen und Mädchen „Nadeln einfädeln und um Geschicklichkeit beten" (*chuanzhen qiqiao* 穿針乞巧), ist der 7. Tag des 7. Monats nach dem altchinesischen Kalender.

119 Die zum geflügelten Wort gewordene Aussage „Wind und Regen erfüllen die Stadt, wenn der 9. 9. naht." (滿城風雨近重陽), stammt von dem Song-Dichter Pan Dalin 潘大臨 (spätes 11. Jh.).

120 Um die künftigen Neigungen eines Kleinkindes zu ergründen, legte man ihm die verschiedensten Gegenstände vor und ließ es danach greifen.

121 Der Holzsteg an der Felswand durchs Baoye-Tal und die Flussüberquerung bei Chencang spielen auf eine Kriegslist von Liu Bang 劉邦 (256/247–195 v. u. Z.), dem Begründer der Han-Dynastie, an. Siehe hierzu auch Hebengge, *Nachtgespräche, niedergeschrieben*, S. 66, sowie Seite 378, Anm. 47.

122 In einer Episode im *Zuozhuan* 左傳 (Herzog Xiang, 30. Jahr) wird erzählt, ein Greis habe nicht gewusst, wie viele Jahre er alt war, sondern nur angeben können, dass in zehn

Tagen der 445. Zyklus von 60 Tagen seit seiner Geburt vorbei sei (woraus sich ergibt, dass er 73 Jahre alt war). Das *Zuozhuan* ist eine – der Tradition nach von Zuo Qiuming 左丘明, einem Zeitgenossen von Konfuzius – kommentierte und erweiterte Ausgabe der angeblich von Konfuzius selbst redigierten Chronik des Fürstentums Lu, *Chunqiu*. Zum *Chunqiu* siehe auch Anm. 109.

123 Wenn dem Schriftzeichen für den Familiennamen Yuan 袁 ein Element aus drei Strichen vorangestellt wird, ergibt sich ein gleichlautendes Schriftzeichen 猿 mit der Bedeutung „Affe".

124 Zhisheng 芝生 war ein selbstgewählter Beiname von Shen Qifengs Bruder Qingrui 清瑞, der 1791 mit weniger als 40 Jahren starb.

125 Als Gottheit des Nordens, „Dunkler Krieger" (Xuanwu 玄武) oder „Wahrer Krieger" (Zhenwu 真武) genannt, galt ursprünglich die Zusammenfassung mehrerer Sternbilder des nördlichen Himmels. Später wurde diese Gottheit in Tiergestalt als Schildkröte und Schlange dargestellt, schließlich in menschlicher Gestalt, von den beiden Tieren begleitet. Die Gottheit des Nordens sollte vor Überschwemmungen und Feuersbrünsten schützen und den Menschen ein langes Leben gewähren, ihr gewidmete Tempel gab es überall im Land.

126 In *Lunyu* (XIV, 34) antwortet der Meister (d. h. Konfuzius) auf die Frage, warum man Unrecht mit Gerechtigkeit vergelten solle (以德報怨): 以直報怨，以德報德。„Unrecht vergelte man mit Gerechtigkeit, Güte mit Güte."

127 „Goldbergkloster" (Jinshan Si 金山寺) ist der Name eines berühmten buddhistischen Klosters bei Zhenjiang 鎮江 am Yangzi-Strom (Chang Jiang 長江). Seinerzeit war Jin Shan 金山 („Goldberg") noch eine Insel, in den letzten Jahrzehnten des 19. Jahrhunderts verlandete sie immer mehr, und heute ist der Berg längst mit dem Festland verbunden.

128 Im alten China reiste man grundsätzlich mit dem eigenen Bettzeug. Wer ohne Bettzeug in einem Gasthof erschien, machte sich verdächtig.

129 Diese Frage (割雞焉用牛刀?) findet man wörtlich in *Lunyu* (XVII,4), vom Meister (d. h. Konfuzius) an seine Schüler, um

auszutesten, ob sie dazu in der Lage seien zu erkennen, welche Methoden in welchem Zusammenhang angemessen wären.

130 Das Wort *xue* 雪 bedeutet im Chinesischen nicht nur „Schnee", sondern auch „rein", „reinwaschen", „(eine Schmach) abwaschen", so dass der Name Xuegou 雪狗 auch als „Rachehund" verstanden werden kann.

131 Als die „Drei Kostbarkeiten" (*san bao* 三寶) gelten im Buddhismus Buddha (*fo* 佛), sein Gesetz (*fa* 法) und die Priesterschaft (*seng* 僧).

132 Die mythische Hibiskusstadt (Furong Cheng 芙蓉城) gilt in der chinesischen Literatur seit der Song-Zeit als Wohnstätte von Unsterblichen. Furong Cheng ist auch eine Bezeichnung von Chengdu, der Hauptstadt der Provinz Sichuan.

133 In der Novelle „Wen Xiao" 文簫 von Pei Xing 裴鉶 (9. Jh.) wird erzählt, wie der Student Wen Xiao der Fee Wu Cailuan 吳彩鸞 begegnet, die seine Frau wird.

134 Tao Yuanming (vgl. Anm. 108) zeichnet in seiner „Aufzeichnung über den Pfirsichblütenquell" („Taohuayuan ji" 桃花源記) die Idylle eines weltabgeschiedenen Dorfes, dessen Bewohner ein ländlich-einfaches und glückliches Leben führen.

135 Im *Liexian zhuan* 列仙傳 (*Lebensbeschreibungen von Unsterblichen*) wird erzählt, Nongyu 弄玉, die Tochter des Herzogs Mu von Qin 秦穆公, habe einen Flötenspieler geheiratet und von ihm gelernt, auf der Flöte Phönixmelodien zu spielen, darum habe ihr Vater eine Phönixterrasse für die beiden erbauen lassen, und von dort seien sie, auf Phönixen reitend, als Unsterbliche zum Himmel emporgeflogen.

136 Frauen und Mütter von Beamten bekamen vom Kaiser Ehrentitel verliehen.

137 Traditionell verwendete man hierfür eine Schnur, die aus verdrillten trockenen Halmen einer Seggenart hergestellt wurde.

138 Unter dem Pantoffel ihrer Frau stehende Beamte sind in der altchinesischen Literatur ein immer wiederkehrendes Thema, selbst dem seiner militärischen Erfolge im Kampf gegen die Mongolen und Tataren wie auch gegen die japanischen Piraten wegen im ganzen Land berühmten Ming-General Qi

Jiguang 戚繼光(1528–1588) wurde nachgesagt, zu Hause habe er vor seiner Frau gekuscht.

139 In den *Überkommenen Taten des Han [-Kaisers] Wu* (*Han Wu gushi* 漢武故事), einem Werk, das in seiner überlieferten Form vermutlich erst mehrere Jahrhunderte nach dem Tod dieses Kaisers entstanden ist, heißt es über die Kindheit des späteren Kaisers: „Als der Prinz von Jiaodong wenige Jahre alt war, nahm ihn die älteste Prinzessin auf den Schoß und fragte: ‚Möchtest du eine Frau haben?' Und sie zeigte auf mehr als hundert höhere Palastmädchen links und rechts. Als er von allen sagte, sie taugten nichts, zeigte sie auf ihre Tochter: ‚Wäre Ajiao in Ordnung?' Lächelnd erwiderte er: ‚Ja! Wenn ich Ajiao zur Frau bekomme, lasse ich ein Haus aus Gold machen, in das ich sie setze.' (若得阿嬌作婦，當作金屋貯之也。) Die älteste Prinzessin war hocherfreut."

140 Cui Hui 崔徽 war ein Singmädchen, das zu Beginn des 9. Jhs. lebte und vor Kummer starb, als ihr Geliebter, der Dichter Pei Jingzhong 裴敬中, sie nach mehreren Monaten des Zusammenlebens verlassen musste. Ihr berühmter Zeitgenosse Yuan Zhen 元稹 (779–831) besang sie in einem – in *Quan Tang shi*, Kap. 423, aufgenommenen – Gedicht; seitdem galt sie als Prototyp der gefühlvollen Geliebten.

141 Das Grüne Gewand war die traditionelle Kleidung für neuernannte Doktoren.

142 Mit der vom Ministerium der Riten veranstalteten Prüfung ist die hauptstädtische Prüfung gemeint. Die Staatsprüfungen auf Provinzebene wurden in der Regel alle drei Jahre im Herbst abgehalten, die hauptstädtische Prüfung im Frühjahr des nächsten Jahres.